Anju & Kyuma
「天使は罪とたわむれる」

「いっそこのまま、殺しちまいたい」
首に当てられた手の力が増す。これはかなり本気だと思った瞬間、
安寿は抗うことなく全身の力を抜いてしまった。
（本文P.133より）

Chara

天使は罪とたわむれる

剛しいら

キャラ文庫

この作品はフィクションです。
実在の人物・団体・事件などにはいっさい関係ありません。

目次

口絵・本文イラスト／宮本佳野

三つ子の魂、百までも。

昔の人は、いいことを言ったものだが、この言葉の意味によると、人格とやらは三歳の時点で決まってしまうものらしい。

「おばあちゃま、ねんねしてるのん?」

病床の祖母の枕元に顔を寄せ、三歳の安寿《あんじゅ》は囁《ささや》く。その顔は天使のように愛らしい。くるっとした大きな二重の目をしていて、長い睫《まつげ》は閉じるときに音がしそうなほどだ。

茶色っぽい髪の先は少し癖があり、柔らかな子犬の毛のようだった。蜂蜜が溶けて音になったような甘い声で、歌うように話す。

そんな安寿の姿を見て、心和《なご》まない大人はいないだろう。

「安寿……いい子だね。おばあちゃまはお薬飲んだから、眠い、眠いなの」

寝室に介護用のベッドを入れ、闘病生活に入ったばかりの祖母は、溺愛《できあい》する孫の安寿に向かって、弱々しく話し掛ける。

「じゃあね、ボクがねぇ、お話してあげる。子ブタさんと、オオカミさんのお話ね」

そこで安寿は、祖母の手を握りながら、とつとつと『オオカミと三匹の子豚』の物語を口にし始めた。

微笑《ほほえ》みながら祖母は、いつか眠りに引き込まれていった。

「おばあちゃま、ねんねしたぁ？」

祖母が眠ったと知ると、安寿は急いでベッドの下に潜り込む。そこに隠されている手提げ金庫の番号を器用に合わせ、中から数枚の札と、キラキラ光るダイヤの指輪を手にした。

中身をすべて取り出すことだって出来るのに、安寿はそんな愚かな真似はしない。さすがに証券類や通帳の価値は分からないから、それらも無視した。

柔らかな素材のハーフパンツのポケットにねじ込むと、安寿は何事もなかったようにベッドの下から這《は》い出す。そしてそっと祖母の寝室を出た。

そのまま自分の部屋に戻る。三歳の子供が暮らすには、豪華過ぎる子供部屋だ。室内はおもちゃで散らかっていたが、安寿は迷わずベッドに飛び乗った。

そして茶色のテディベアを抱き上げる。いつも抱いて寝ているテディベアのキュマは、ほどよく汚れてくたっとなっていた。

ボーダー柄のシャツを着ているが、それをめくると背中の一部が解《ほど》けている。そこに安寿は手を突っ込み、今日の戦利品を押し込んだ。

何でこんなことをするのか、安寿にはそれなりの理由がある。安寿には優しいが、母にとっては冷たい姑《しゅうとめ》である祖母が、いずれ死ぬだろうと分かっていたからだ。

あの金庫には、祖母の宝物が入っているが、その宝物も祖母が死ねば、意地悪な叔母さんとかが、全部中身を持っていってしまうだろう。

だからそうなる前に、安寿のものにしてしまいたいのだ。

「ごはん、食べたね。キュマ、おなか、いっぱい？」

テディベアのキュマに話し掛けると、安寿はしっかりとその手にキュマを抱いたまま部屋を出る。

ドクターが往診に来た日は、母の部屋に入ってはいけないルールだ。だから安寿は、母の部屋のドアに近づき、耳を寄せて中の様子をまず窺《うかが》う。

言葉にならない、変な声が聞こえてくる。たくさん走った後のマラソン選手が、インタビューのマイクを向けられた時みたいだと安寿は思った。こんな声を出している時は、母は決して部屋からは出てこない。

安寿はドアの側を離れて、今度は庭へ向かう。芝生の張られた広い庭に降り立つと、安寿はガーデンチェアに座って、じっと駐車場のほうを見つめた。

「キュマ、おばちゃま来たら、教えてね。ママにホーコクするから」

テディベアは返事をしない。けれどいつでも安寿には、キュマの声が心に届くのだ。

「キュマ、お歌、歌ってあげるね。一円、五円、十円、五十円……キュマのごはんが、おなかいっぱーい」

でたらめな音を付けて、即興で安寿は歌う。それをくたくたのテディベアは、楽しげに聴いているようにも見えた。

「あっ！」

突然、安寿はガーデンチェアから飛び降りて、耳を澄ませる。

「聞こえたよ、キュマ。おばちゃまだ」

独特のエンジン音というわけでもないのに、安寿には近づいてくる車の持ち主が誰か、すぐに分かってしまうのだ。

「おっばちゃま、おっばちゃまがやってきたーっ。安寿のおうちにやってきた」

またもや歌いながら、安寿は家に駆け込む。この声は、きっと母に届く。そうすれば母は、叔母のためにお茶を淹《い》れたり、祖母の容態について説明するのに、困るということはないのだ。

「おっばちゃまがやってきたーっ。ほんとはママは大嫌い。おっばちゃまなんて、だいきらいーっ。おっばちゃま、おっばちゃま」

歌いながら母の部屋に近づいていくと、いきなり母がドアから顔を出し、安寿を手招きした。

「おばちゃまの足止めしてよ、安寿」

「……あしどめってなぁに」

「通せんぼ。五分でいいから、時間稼いで」

「んっ。ホットケーキ、焼いてくれる？」

「焼いてあげるからっ、ほらっ、急いで」

通せんぼしなくちゃいけない理由は分かる。なぜなら母は裸だったからだ。服を着るのに時間が必要なのだろう。

「ぶーん、ぶーん、キュマもぶーん」

テディベアを飛行機のように飛ばしながら、安寿は再び外に飛び出して、駐車場に車を乗り入れている叔母に向かって走っていった。

「おばちゃまだよ、キュマ。おばちゃま。ねぇ、おばちゃま。キュマと一緒にサッカーしよう」

まだ車から降りてもいない叔母に向かって、安寿は声の限りに叫んだ。

「おばちゃまっ」

やっと車を降りた叔母は、車をロックしながら不機嫌そうに安寿を見る。

「何よ、また裸足で外に出てるの。優羽《ゆう》さんの躾《しつけ》って、ほんっとになってないんだから。安寿、外に出る時は、靴を履きなさい」

「んんっ、おばちゃま、お靴履くから、サッカーしよう」

「何、言ってるのよ。あたしが履いている靴が見えないの？　ヒールよ、ヒール」

叔母は細いヒールの靴を履いている。安寿はしゃがみ込んで、その靴の踵《かかと》を示した。

「ね、おばちゃまも、運転するとき、お靴履き替えるの？　ママはいつも履き替えるよ」

「当たり前でしょ、そんなこと。あーあ、兄さんが生きてりゃ、あんたがこんなバカな子でも、もう少し可愛《かわい》いと思えたのにね」

子供相手に、叔母は平然と残酷なことを口にした。

安寿は父を知らない。記憶の中に、父というものは存在しなかった。だが写真は見せてもらったことがある。とても頭のいい大学教授だったというのは、祖母から聞いていた。

「まったく、よくやったもんよ。あの研究しか頭にないような兄さんを、どうやって押し倒したのかしら。DNA鑑定なんてものがなけりゃ、絶対にあの雌猫、この家の敷居なんて跨《また》がせなかったわよ」

叔母は足音も荒く、家に入ろうとした。そこで安寿はまた食い下がる。

「おばちゃま、ケーキは？　おみやげないの？」

「子供まで図々しいのね。ああ、うるさいったらないな。どきなさいよ、安寿」

そこに母がにこやかに現れて、安寿を手招きした。

「安寿、いい子ね。おばちゃまのお出迎えしていたの？」

「うん……」

母の顔は、くるくる変わる。こんな笑顔は偽物だってことは、とうに安寿も知っていた。母の本当の笑顔は、安寿だけしか知らない。

「ぶーん、ぶーん、キュマもぶーん」

「キュマも飛んでるの。凄《すご》いわね」

そして安寿は知っている。叔母とか祖母がいる時だけ、母はどこかの知らないおばさんみたいに、優しい口調になるということも。

「優羽さん、安寿に靴ぐらい履かせたら」

「まぁ、すみません。和美《かずみ》さんの車に気がついて、嬉《うれ》しくて飛び出してしまったんですわ。おばあちゃまのお部屋に行きたくても、今、先生が往診中ですので、退屈していたんでしょう」

「そうみたいね」

叔母はそこで、駐車場に駐《と》められた、医者のベンツをちらっと振り返った。

母と叔母、二人の間には冷たい空気が流れている。それとも熱い火花を散らし合っているのだろうか。

けれどもう安寿の役目は終わった。後は母が、ご褒美のホットケーキを焼いてくれるのを待つだけだ。それと医者が帰る時に、それとなく見送りをすればいい。医者はキュマのごはんが何か知っているから、五百円玉とか百円玉をたくさんくれる。

「キュマも安寿も、おなかいっぱーいっ」

歌いながら、安寿は走る。手にしたキュマのおなかの中では、祖母のリングやネックレスが、かさこそと音をさせていた。

第一章

母は体《てい》のいい結婚詐欺師だと安寿は思っている。そうでなければ、十八歳になるまでに名字が三回も変わったりはしないだろう。そしてもうじき四回目の変更になろうとしている。

前の継父の吉村《よしむら》は、安寿を引き取ってもいいようなことを言ってくれた。けれど母はそれを許さなかった。理由は複雑だ。どうやら吉村が安寿を見る目に、危険なものを感じて嫉妬《しっと》しているらしい。娘だったらあり得る話だが、息子となるとそうはない話だ。

吉村と寝る。想像すると、やはりむかつく。相手が男だからではない。ずっと優しい父親面をしていたくせに、腹の中に欲望を抱えて安寿を見ていたのかと思うと、腹が立つのだ。

だからそこそこ金持ちではあるが、設計事務所経営の吉村のところに残るのは止《や》めた。

あれだけ男を翻弄《ほんろう》してきた母も、最近は鏡の前で過ごす時間が長くなった。どんなに努力しても、時には逆らえない。世界中を旅して吸血鬼を見つけ出し、仲間に加わる以外に老いを避ける方法なんてないのだ。

男を騙《だま》して世の中を渡っているような女でも、少しは母に対して愛情がある。落ちぶれていく様なんて見たくないから、安寿はこれをきっかけに自立することにした。

一人暮らしというやつだ。

「吉村さん、本当に、ここでいいのかね」

煤《すす》けた窓から、夕陽に照らされるネオタワーを見ていた安寿は、不動産屋のオヤジの引きつった声に振り向きもせず頷《うなず》いた。

「眺め、最高じゃないですか。夜になったら、ライトの灯ったネオタワーを毎日見られるんだから」

つい先月完成した、ビルの中で日本一の高さを誇るネオタワーは、名を知られた先輩ビル群を睥睨《へいげい》するように聳《そび》えている。西側がまるで燃えているように輝いている様子を、安寿はうっとりと見つめていた。

「いつか……あのビルの天辺《てっぺん》に、自分の会社のオフィスを持ちたいな」

「ああ、いい夢だね。今時の高校生にしちゃ、いたって前向きじゃないか」

「そうですね。だけど……言うだけはただだってやつですよ」

不動産屋はそこで、乾いた笑い声を響かせた。

「しかし……親御さん、こんな訳あり物件だと知ったら、一人暮らしも許可しないんじゃないの。お父さん、そっちの業界にいるんなら、かなり稼いでるんだろう?」

「いえ、もう隠居の身分だから」

新しい継父は七十歳近い。遊技場と呼ばれる、パチンコやスロットの会社の会長職だ。母も落ちたものだと思った。財産目当てで結婚したと散々言われてきたが、今回ほど露骨なのは初めてだ。

「僕は連れ子なんで、白い目で見られるってやつです。家に居場所なくてね」

顔を俯《うつむ》け、安寿は悲しげに呟《つぶや》いた。人のよさそうな不動産屋は、そんな安寿を見て大きく頷いていた。

「そういう苦労は分かるが、もっといい物件がいくらでもあるよ。そりゃ家賃は安いし、下の作業場もそのまま使えるが……言ったら何だが、ここでその……自殺したんだよ」

「ええ……分かってます。でも、そういうの平気です。だって、一番怖いのは、幽霊じゃなくって、生きている人間ですから」

この家に以前住んでいたのは、腕のいい金属加工の職人だった。けれど不景気で仕事が回らず、いつの間にか増えた借金を、その命で支払ったのだ。

唯一の遺産となった家を譲られた妻は、ここに住むのも嫌で、嫁いだ娘の元に行ってしまった。取り壊して土地だけ売るにしても、建て直して売るにしても、当座の金がない。そこでいい買い手が見つかるまで、誰か借りる人がいないかと探していたのだ。

「親の援助なしで、バイトしながら払える家賃なんて、限られてるじゃないですか。訳ありだって、この家賃は魅力ですよ。それに電化製品とか、そのまま使っていいんでしょ？」

「そりゃ、そうだがねぇ。家具に電化製品付きの物件なんて、いくらでもあるよ」

だが安寿はここがいいのだ。

母とは決別する。今、別れておかないと、いずれ母は安寿を頼り、自分のつまらない詐欺行為に安寿を利用しようとするだろう。

そんなのは真っ平だ。

負けるのなら、一人で負けていって欲しい。

あわよくば、新しい夫との関係が上手くいって、人並みの幸せで満足出来るようになるのだったら、それはそれで結構なことだが、母には絶対に無理だろう。

結婚するまでを楽しみ、後は貰《もら》えるものを貰ってさっさと別れる。母にとって結婚は、手切れ金の付いてくる旨《うま》みのあるゲームのようなものだからだ。

こんな曰く付きの家なら、母は絶対に押しかけてこない。自殺現場というだけで気味悪がるし、母の基準でいくと、こんなボロ家は入るのもおぞましいとなる。

自由を確保するためにも、ここは最高の住処《すみか》だった。

「ネオタワーが見えるのもいいいな」

「……こんなこと言うのもあれだが、ここの旦那、毎日ネオタワーの建設を見ていて、完成した翌日に死んだらしいよ。家賃、二万高くても、ワンルームの綺麗なとこがあるんだけどね」

まだ不動産屋は、別の物件を薦めている。小綺麗な若者である安寿が住むには、あまりにも不似合いだと思うからだろうか。

「もし住んでみて気に入らなかったら、その時はまたお願いします」

安寿はそこで、安心させるように前向きな発言をした。

「ああ、そうだね。それがいいや。それじゃ事務所に戻って、契約書書いてくれ」

もう一分もここにいたくないというように、さっさと出て行く不動産屋の背中を見ながら、安寿はにやっと笑う。

いい部屋なんて言ったところで、せいぜい八畳ほどのワンルームだ。生まれた時から豪邸育ちの安寿にとって、そんな中途半端な部屋は、クロゼットくらいの利用価値しかない。

ここは安寿にとって家ではないのだ。子供っぽい言い方だが、秘密基地と呼ぶべきだろう。

欲しいものは、何でも手に入れる。それが生きることの意味だと、母から教わった。残念なことに、母には美貌《びぼう》と狡猾《こうかつ》さしか武器がないから、愛に飢えた金持ち男を手に入れるのがせいぜいだったが、安寿は違う。

記憶にもない父親からの最高のプレゼント、並外れた知能と、母譲りの強靱《きょうじん》な肉体と美貌がある。そしてまだ十八歳の安寿には、無限の可能性があるのだ。

「作業場にバイク、入れていいですよね？　バイク弄《いじ》り、趣味なんですよ」

安寿は若者らしく話し掛けながら、手に入れた基地を後にする。

どこに住もうと関係ない。安寿が安寿でいる限り、そこは自分の世界になるのだから。

テストの後には、決まって順位が発表される高校だった。入学以来、安寿は一位を常にキープしている。いよいよ三年になって、受験態勢に入ったわけだが、当然安寿がいるのは、有名大学への進学を目指すトップクラスだ。

今日も張り出された順位を見る。三位まではいつも名前は変わらない。安寿の下には、九馬《きゅうま》東二《とうじ》の名前があった。

「気にいらねぇな」

背後から声がする。振り向かなくても、その低音が九馬のものだと分かっていた。

「お勉強だけやってるやつに、いつも敵《かな》わないってのはな」

安寿はふんっと鼻で笑うと、ゆっくりと振り返る。身長が百八十五センチもある九馬は、見上げなければいけない相手だ。

本当はこれくらいの身長とがたいが欲しいと、内心いつもむかついていた。すべてが完璧に思える安寿の肉体は、残念なことに百七十六センチで身長を伸ばすのを放棄してしまったのだ。

「だったらボクシングなんか、止めればいいんじゃゃね」

進学校なのに、なぜかボクシング部なんてものがあって、九馬は入学以来、もっとも期待される選手だった。そして毎年、高校総体や国体に出て、表彰台に上っている。

「ま、おまえがボクシング止めても、あんまり関係ないよな。俺は、テストの正解率、ほとんど百パーセントだから」

何でこんな簡単なテストで、満点を取れないやつがいるのか、安寿にはそっちのほうがずっと不思議だ。答えはもう決まっている。覚えればいいだけのことなのに、なぜそんな単純なことが出来ないのだろう。

「むかつくやつだよな……。吉村、おまえもボクシングとかやったら？　いい体してるぞ」

「はっ？　高三になって、今更部活かよ。バッカじゃゃね」

「部活じゃねぇよ。ジムに行かねぇ？　三年になったから、部活は夏で引退だし」

「何で、俺誘うかな。そんなに一番になりたい？」

「そんな低次元のレベルじゃねぇよ」

どうもこの九馬東二は苦手だ。他のやつらはただのガキなのに、なぜか九馬には特別の存在感があるのだ。三年になって同じクラスになったが、それまでもいつも安寿の視界に、九馬の姿がちらついていた。

どこか自分と似た匂いを感じるが、それは認めたくない。

自分と同じような人間なんて、いて欲しくはないのだ。

「あ、それと、俺、もう吉村じゃねぇんだ。今度三崎《みさき》に変わったから」

「……離婚か？　親父と仲良かっただろ。よく派手なジャガーで、迎えに来てたじゃないか」

そんなことまで知らなくていい。

確かに吉村は、何かというと安寿を学校まで迎えに来てくれたけれど、そのせいで母のチャレンジ精神にまた火が点《つ》いてしまったのだ。

自分より息子が愛されるなんて、母には決して許されないことだったのだから。

「それで母親と住んでんの？」

何となく肩を並べて歩き出した。すると九馬の体温の熱さが伝わってきて、安寿は顔をしかめる。

こんなに熱い体をしているのに、九馬がクールな男なのが気に入らない。アマチュアとはいえ、ボクシングでいつも勝っているのは、この冷静さが勝たせているのだと安寿は思う。

「何で?　どうでもいいだろ、俺のことなんて」

「そうだな。帰り、おまえんち、寄っていい？」

いきなり接近してきたのには、何か意味があるのだろうか。ボクシングのジムに誘うのなら、同じボクシング部の仲間を誘えと思うが、そういう問題ではないのだろう。

友達になりたいとか言われたら、安寿は大笑いしそうだ。

そういうまともな学生らしい生活は、安寿の頭の中にはない。

「吉村、あ、三崎か、もう面倒だな、どっちでもいいや」

「だったら安寿って呼べ」

何と親切なことだろう。珍しく安寿は、九馬に対して優しい人になる。けれど利害の関係しそうな相手には、いつだって態度を簡単に変えられた。もしかしたら九馬が、何か利益をもたらしてくれるというなら、名前で呼ばせるくらいどうということもない。

「アンジュ？　ヤスヒサじゃねぇの？　名前呼ばれる時、ヤスヒサって呼ばれてたよな」

「んっ……面倒だから訂正しないだけだ」

「二年間、訂正なしか？」

「男子校だぜ、ここ。笑われるだろ。アンジュなんてさ」

そこで安寿は、九馬相手に笑顔の大サービスをしてやった。

「小学校とか、中学はどうしてたんだ？　戸籍は？」

「ちゃんと先生に説明した。こんな名前で虐《いじ》めに合うのは嫌だから、戸籍ではアンジュですが、ヤスヒサと読んでくださいってな」

本当に安寿は、小学校の入学の時に、そう担任に申し出たのだ。当時の継父は稼ぎのいい整形外科医で、おかげで有名私立の小学校に通っていたが、それでもその頃の安寿にとって、学校は地獄以外の何物でもなかった。

賢すぎる子供にとって、ガキの世界は苦界でしかない。勉強は多少普通の小学生より出来るとしても、所詮《しょせん》、みんな心はまだまだ子供だったからだ。

そんな中、ただ頭がいいだけでなく、大人の心を持ってしまった安寿は、どうやって皆に合わせて目立たなく過ごすか、日々悩まねばならなかった。

高校生にもなると、みんな自分のことで忙しい。他人のことになど無関心になってくるから、やっと安寿は落ち着いて学校生活を送れるようになったのだ。

「アンジュか……おまえ、変わってるよな」

「そうでもないさ。俺からすれば、九馬のほうがおかしい。何で、部活頑張って国体までいってるのに、常に二位をキープしてるんだ？」

「負けるのは、嫌いだ」

ではずっと負けっ放しで、安寿に対して腹を立てている筈《はず》だ。なのにこの友好的な雰囲気は、いったい何なのだろう。

「それで俺の秘密でも探りたいのか？　ま、いいけどね。だったら帰り、俺んち寄れば」

自分でも、おかしなことをしていると思った。これまでは友人といっても、本当に表面的な付き合いで、自宅に招待するなんてほとんどなかったのだ。

しかもあそこは特別の、安寿の秘密基地だ。

なのに九馬を招き入れようとしている。

あの家を見たら、九馬はきっとそこで本当に安寿が暮らしているとは信じないだろう。

手を加えて、今ではかなり安寿の家らしくなっている。ソファやテーブルも、若者らしいものを揃え、壁紙を貼り替え、ブラインドも吊るした。

そしてあの家の何よりもの魅力は、一階の作業場だ。好きに使っていいと言われたのを幸い、今では安寿のための工房になっている。

あそこで安寿が作っている物を見たら、九馬はどう思うだろう。

安寿には近づかないほうがいいと思うだろうか。

見せたら危険だと分かっているのに、何かが、安寿の中のおかしなスイッチを入れさせていた。

バイク通学は禁止だから、一駅先の駐車場に駐めている。後ろに九馬を乗せて、安寿は自宅に戻った。

家の前の道路は、車一台がやっと通れる細さの私道だ。一方通行になっていて、車はあまり通らない。そのせいか方々の家の前には、鉢やプランターに植えられた花が、道路にはみ出して置かれていた。

「ずっと昔から住んでるのか、この辺りは年寄りばっかりだ」

シャッターを開き、作業場にバイクを入れながら安寿は九馬に教える。

九馬は別の友人から借りてきたヘルメットを外し、周囲をぐるっと見回して驚いたように言った。

「えっ……ここどこ?」

「俺の家だよ」

「マジ?　違うだろ」

「先月から住んでる。前の家主は……あの辺りかな。ロープに首突っ込んで、自殺したんだ」

安寿が薄暗い天井を示すと、九馬は露骨に嫌そうな顔をした。

「よく住めるな」

「別に、何も不自由はないよ。トイレは詰まったりしないし、風呂場もすぐに黴《か》びたりしない。作業場は防音壁になってるから、夜中にがりがりやってても、今んところ苦情ないし」

一階は広い作業場だ。そして二階には、ダイニングルームと狭い洋室二間、それに広めの和室があった。ここで元の家主は、夫婦と娘二人で暮らしていたのだ。

絶望して夫が死ぬまで、夫婦は綺麗にこの家を使っていたのだろう。築三十年は経つのに、大きな傷みがないのが救いだ。

「ここで、一人暮らししてるんだ？」

「そうさ。いいだろ、秘密基地みたいでさ。家賃は嘘みたいに安いけど、売れたらすぐに出て行くっていうのが条件なんだ」

ここに人を招待したのは、九馬が初めてだ。どうしてこのあまり親しくもなかった九馬を、真っ先に招待したのか、安寿にもその理由はよく分からない。

「上に行く？　何か飲むか？」

「んっ……」

二階への階段は急で狭く、天井の一部はかなり低くなっている。九馬は何度も頭をぶつけそうになっていた。

「何か、予想と違ってたな。安寿って、豪邸に住んでるのかと思ってた」

「ああ、ちょっと前まではな、豪邸に住んでた。吉村オヤジは建築デザイナーだから、凝った家で面白かったよ」

けれどあの豪邸より、安寿はこのボロ家を気に入っている。自由に使っていいことになっている昭和の香りがする家具を、自分流にアレンジして使うのも楽しかった。

ダイニングルームに入ると、安寿は九馬を椅子《いす》に座らせ、冷蔵庫を開いて飲み物を取り出した。

「で、お宅訪問の目的は何なんだ？　まさか俺が、毎回テスト用紙を盗み出してるとでも思ってるとか？」

「いや、大学、どこ受けるか聞きたかっただけだ」

「何で、そんなことおまえに教えないといけないの？」

安寿は家では百パーセントのフルーツジュースか、水しか飲まない。九馬は出されたオレンジジュースを、一気に飲み干した。

「東大？　医学部か？　法科かな。または他の大学の理工学部……」

「何だよ、俺が受けるところ、避けるつもりか」

「そうじゃない……同じ所を受けたいだけだ」

オレンジジュースを注ぎ足してやりながら、安寿はじっと九馬を見つめる。すると九馬も顔を上げて、じっと安寿を見つめ返してきた。

九馬が熱いのは、体温だけじゃない。心も熱いやつなんだと、安寿は思う。

「そういう目で見られるのは、慣れてる」

それは崇拝者の目だ。特別に賢いというだけで、または特別に美しいというだけで、安寿を熱く見つめる人間がいる。九馬も同じ目になっていた。

「九馬、俺に惚《ほ》れたの？」

思わず安寿は笑ってしまう。

「かもな……」

九馬も笑った。

「それで、家に来て、両親に挨拶《あいさつ》でもするつもりだった？」

「安寿と一度、ちゃんと話してみたかったんだ。そうしないと、いつまでも苛《いら》つくから」

「何で苛つくんだよ。俺、九馬に何かしたか？　テストでいつも上にいるのが気に入らないってんなら、どうしようもないけどな」

「……どうしておまえみたいな男がいるんだ？　学校内じゃ、そつなくやってるけど、本当のおまえはもっと違うだろ？　出来るだけ人に印象残さないようにしてるのは、何か訳があるのか？　そんなことばっかり考えてると、マジでむかつく」

「はっ？」

学校なんてところは、そつなくやり過ごさないといけない場所だ。虐めの対象になど選ばれたら、物を壊されたり奪われたり、物理的に面倒くさい。

喧嘩《けんか》になっても構わないが、そうなると問題は自分が傷つくことよりも、相手を傷つけてしまうことだった。黙って殴られて、被害者の立場に甘んじていればいいが、それはさすがに安寿としては面白くない。

小学生の時に三人、中学で四人、実は安寿を狙って虐めを画策していたやつらを潰《つぶ》している。けれどあまりにも作戦が巧妙で、安寿が疑われることはなかった。

そうやって少しずつ学習してきて、今は目立たない極意を身につけたつもりだったが、九馬には通用しなかったようだ。

「男子校で、そんな顔してると、狙われるってのも分かってるか?」

「そんな顔って?」

「女みたいな面だよ」

「うわっ、傷ついたな、それ。俺、そう言われるの大嫌いなんだ」

顔で評価されるのには、正直飽き飽きしている。この顔がいずれ武器になることも分かっているが、今は出来れば放っておいて欲しいところだ。

「俺がおまえのこと、守ってきたなんて言ったら、怒るんだろうな」

「はぁっ?」

「何人か、おまえにおかしなことしそうだったやつ、殴ってる」

つまり安寿姫を、九馬騎士はずっと陰ながら守ってきたというのか。安寿は呆《あき》れたが、怒る気にはなれなかった。

「守るって、悪いけど、俺そんなにヤワじゃない。実は、吉村オヤジが迎えに来てたのは、二人でマーシャルアーツの道場に通ってたからなんだ」

「ああ、普通じゃないってのは、水泳の授業の時に見て分かった」

「何、それ。九馬、それってストーカーじゃねぇの。一緒に水泳の授業、受けたことあったか？　ないだろ」

「ストーカーかもな。いつも、おまえのこと見てたから」

男子校だから、美しい同性に憧れる。よくある話だが、安寿は九馬の気持ちがそれとは違うと感じていた。

たとえ女子が数多くいる学校でも、九馬は安寿に注目した筈だ。ただ美しいだけの男を、九馬のような男が気にする筈はない。

「部活でちんたらボクシングなんてやりたくないわけだ。マーシャルアーツか……」

「ガキの頃から、剣道と空手をやってきた。そして今はマーシャルアーツだ。九馬もそうだろ。俺達って、団体競技苦手なタイプだよな」

それとなく探りを入れてみる。

九馬はこれだけの体をしているのだから、バスケット部やサッカー部で活躍していてもおかしくない。なのにあえてボクシングをやっているのは、スポーツの弱い進学校では、大会に出ても負けて当然という中、個人だったら勝ち残れるからだと安寿は思う。

「自分より下手なやつのせいで、試合に負けるのって耐えられなくね？　俺は、そうだけどな」

安寿の言葉に、九馬はふっと笑った。

「目立たなくしてるつもりなんだけどな。高校生って、頭の中まで精液で溢《あふ》れてるからな。そうか、狙われてたわけか、そりゃ少しは九馬に感謝するよ」

確かに安寿は三年になるまでの間に、上級生からおかしなことをされたことは一度もなかった。高校生にもなると、みんな大人になるもんだと深く考えずにいたが、九馬が手を出さなかったら、あるいは違った結果になっていたのかもしれない。

「けど、俺に惚れるのは、止めておいたほうがいいな。俺なんかにまとわりついてると、人生メチャクチャになるぞ」

わざわざここまで来て、安寿に告白した勇気には敬意を払おう。だから安寿は、九馬に本音を突きつけた。

「もうなってる。何で、おまえなんだ。おまえばっかり気になるのはどうしてなんだ？」

「簡単さ。性欲からくる幻想だ。この顔か体が、九馬のホルモンを刺激する。それだけのことさ。だからって、やらせろなんて言うなよ。じゃあ、友達になろうなんてのもなしだ」

ここまで本音で話したのは、久しぶりな気がする。いつだって相手に合わせて無難に話すのだが、九馬にはそんなことを不思議としたくなかった。

「そうか、名前が九馬だからいけないんだ」

突然の安寿の呟きに、九馬は首をひねった。

「何だ？　確かに変わってる名字だが、それがどうかしたのか？」

「本当の父親が、死ぬ前に俺にくれたプレゼントさ。それがキュマ」

安寿は立ち上がり、ウッドカーペットを敷き詰めて、洋間に改造した寝室に入っていく。そして古びたテディベアを手にして、九馬の前に戻ってきた。

「何か、九馬って言うと、変な親近感あるなと思ったら、そうか……こいつか」

未だにキュマの腹の中には、秘密の宝物が入っている。さすがにもう札や硬貨は入っていないが、祖母の物だった高価な貴金属類が、真綿に包まれて静かに眠っていた。

「おっかしいよな。ぬいぐるみと同じ名前だから、わざわざ家まで連れてくるなんて。九馬、俺のことなんて追いかけ回すより、さっさと女でも見つければ。九馬、もうファンの女とかいるんだろ？」

親近感の原因が分かって、安寿はほっとする。ずっと安寿の秘密をその腹に抱えてくれていた、唯一の親友だったキュマと似た名前のせいだった。

「ただし、女はあんまり可愛くないほうがいい。そこそこってのが一番だ。女、引っかけるんならいつでも手伝ってやるよ」

ところがこの提案は、九馬を怒らせてしまったようだ。九馬はいきなり立ち上がり、何か言いたげに安寿を睨《にら》み付ける。

「男にコクられて、気持ち悪いか？」

むかつくだとか、苛つくだの言うくせに、やはりこれは告白だったらしい。安寿は醒《さ》めた目で、九馬のことを見返した。

「一緒の大学行って、それでどうするんだ？　またストーカーの続きやるのか？　そういうのが、自分らしくないって、九馬だって分かってるんだろ」

「……ああ、分かってる」

「だったら止めとけ。俺が九馬に惚れるなんてことは、九十九パーセントないから」

百とはあえて言わない。それが安寿の残酷さだった。

「部活引退で、暇なのか？　だったら予備校でも行けよ。女もいるぞ」

「……おまえとどうしたいのか、俺にもよく分からないんだ。だけど、このままじゃ、おかしくなりそうだ。安寿、どうにかしろよ」

「ひでぇな。何で、俺にふるかな？」

さて、どうしたものだろうと思いながら、安寿は継父だった吉村のことを思い出す。

四十を超えていたが、肉体はマッチョで渋めの色男だった。アウトドアの達人で、登山やカヌーによる渓流下り、クルーザーを繰っての海釣りと、様々なところに安寿を連れて行ってくれた。

ゴルフをやるよう強要するのだけが嫌だった。それ以外は、一緒にいてあまり不快ではなかったが、安寿が十八歳を超えたらきっと吉村は豹変《ひょうへん》する。

今の九馬と同じような、熱い目をして安寿を見ていた。未成年に手を出してはいけないという良識が、かろうじて吉村をいい父親で留まらせていたのだ。

同じように九馬と友人になったところで、いずれ襲いかかってくるだろう。そうされたくなければ、ここではっきりと遠ざけるしかない。

「いつから、そんなこと考えるようになったんだ？」

安寿の質問に、九馬は悔しそうに言った。

「一年の最初のテストからだ」

「ああ、そっか。だったら丸々二年、俺にむかついてたんだよなぁ。それが何で、告白になっちまうの？」

「自分でも分からないって、言ってるだろ」

無意識のうちに、安寿は前髪をかき上げる。そうすると相手の視線が、自然と自分の顔に集中するのを知っていた。

どうだ、この綺麗な顔に惚れたんだろうとばかりに、安寿は見せつける。顔じゃなければ体なのかと、安寿は手で体を撫《な》で回した。

九馬の視線はその手の動きを追ってはいるが、熱さに比例する欲情が感じられない。それは安寿にとっては、意外な反応だった。

「俺とやりたい?」

わざと誘うように唇を舐《な》めてみせる。すると九馬は顔を背け、悲しげに首を振った。

「今、やったら……それだけの男と思われる。それは嫌だ」

「分かってるじゃないか。それならいいこと教えてやる。下に行こう」

再び安寿は、階段を下りて作業場に向かった。

この家をどうして借りたかったのか、その一番の理由は作業場だ。貸し主は、自由に使っていいと言ってくれた。相手は高校生だから、たいして使うことはないだろうと思ったようだ。

「警察にチクりたければチクってもいいが、それなりの報復はするから、覚悟しとけ」

安寿の後を付いてきた九馬には、その言葉の意味は分からない。だが安寿が、工具入れの引き出しの二重底から取り出した物を見た瞬間、何もかも理解出来ただろう。

「モデルガン?」

「うん、モデルガン改造したんだ。実銃として使える。あんまり複雑なのは難しいから、昔からある六連発コルトだ」

銃を取り出し、安寿は構える。この重さが、何ともたまらない。うっとりと手にした銃を眺めていると、九馬がいることすら忘れてしまいそうだった。

「コンビニ強盗のために、作ったんじゃなさそうだな」

九馬の一言で、安寿は笑ってしまった。

「すっげぇ、低次元な発想。コンビニ強盗だって。そっか、やるか、二人で」

そこで安寿は九馬に抱き付き、その頭に銃口を押し当てて囁く。

「金出せ。マネー、マネー、ギブ、ミー、マネー。お金ちょうだいっ」

けれど九馬は、そんな安寿の悪のりに付いてはこない。いとも冷静な口調で、高校生アマチュアボクシングチャンピオンらしからぬ発言をする。

「それとも……殺したいやつでもいるのか？　殺さなくてもいいなら、そいつ殴るくらいはしてやるぞ」

「優しいな、九馬」

銃口を突きつけながら、いつまで抱き付いているのだろう。九馬にとって、それがどんなにドキドキすることか分かっているのに、安寿は離れずにいた。

九馬の体は熱い。若さゆえの熱が体内で沸々と沸き上がり、それが制服を焦がしそうな勢いで放出されている。

厳寒の冬にこの男と寝たら、きっと寒さ知らずだなと考えながら、安寿はゆっくりと体を離す。すると急に、自分の半身が寒くなったような気がした。

「それとも、テロでも企んでるのか？」

またもや安寿は、九馬の言葉で笑わせられた。

「するか、そんなくだらないこと。今がどんな時代か分かってるだろ。誰のためにテロまでして戦うんだよ。ヤクザは弱体化、政治家は無能だし、若くて金持ちになったらなったで、足下掬《すく》われる。マジで、ろくでもない世の中じゃないか」

「じゃあ、何だって、そんなもの作るんだ」

「遊びだよ。どこまで自分がやれるのか、試したいだけさ」

さぁどうする。告白する相手を間違えたと気付いたか。だったら、さっさと出て行けとばかりに、安寿は再び銃口を九馬に向けた。

「俺を綺麗な人形だとでも思ったか？　残念だったな、九馬君。俺はこういうことして遊んでる男だ。あんまり近寄らないほうがいい」

「……」

そこで九馬は小首を傾け、再びじっと安寿を見つめてくる。その顔に動揺はなかった。

「安寿、理工学部志望なのか？」

「……しつけぇな。第一志望は、法学部だ……」

「よかった。科学実験だの、そういう作業、得意じゃない。助かった」

「はっ？」

どうやら九馬も、安寿同様常識外れな男らしい。こんなものを見せられても、自分の知りた

いことばかり口にしている。

「ろくでもない世の中か……そうだよな。だから俺は、安寿しか見えないのかもしれない」

「他に見るものなんて、いくらでもあるだろ」

「あるのかもしれないが、俺には見えない。安寿、これからもずっとおまえを見ていたい」

安寿は弾倉をくるくると回しながら、そんな違法なことは止めろとか、俺にも触らせてくれなんて九馬が一言も口にしなかったことを評価していた。

やはり九馬も、どこか他のやつらとは違う。普通のふりをしていても、無理があるのだろう。何かに逃げたい気持ちは分かるが、それが安寿だったというのは笑える。

「九馬、俺と遊びたいのか？」

「ああ、遊びたい。けど、俺は、遊ぶの下手だ」

「大丈夫だ。明日の夜な……ちょっと大人っぽい恰好《かっこう》して、六時にここに来い。俺流の遊びを見せてやるから」

「へぇーっ、初デートだな」

「ああ、楽しいデートにしような」

もし明日のデートが楽しかったら、九馬がもっと距離を縮めてきても許すかもしれない。安寿にしては、珍しい展開だ。これまで安寿には、ここまで近づくことを許した相手はいなかったのだから。

「明日学校には来るのか？」

「行くよ。俺は滅多に休まないの、九馬だったら知ってるだろ」

「……知ってる。安寿が休むと、気になって一日がメチャクチャになっちまう。休みが少なくて助かった」

安寿はそこで眉を寄せ、思い切りしかめっ面というやつをしてやった。

いつ、どんなふうに九馬は安寿を見ていたのだろう。その視線に気付かなかったのは、迂闊《うかつ》だった。

弱みを握られているような感じはしなかったが、それでも自分のガードの甘さを知らされたのは面白くない。

これからはもっと注意しようと思う。すべての人間が、九馬のように好意的な目で安寿を見るとは限らないのだ。

今のうちから、敵なんてものはあまり作りたくない。大人になる前に、潰されてしまいたくはなかった。

翌日、夜になる前にまず準備をした。その間に、安寿はぬいぐるみのキュマに話し掛けていた。

「本当に信頼出来る友達は、キュマだけだ。人間なんて、絶対に信じられない。なのに、俺、何やってるかな。墓穴を掘ってると思うか?」

十八年間の汚れで、元は綺麗な茶色だったキュマも、くすんだ色になっている。幼かった頃は手先も器用じゃなくて、針と糸で修復するなんてことが出来なかったから、背中の部分は少し歪んでいた。

「あいつの名前がよくない。九馬って呼ぶと、キュマに聞こえる。だからって、気を許すってのはどうなんだ」

友達なんて欲しいと思ったことはない。幼い頃は、知能レベルが低すぎて、同年代と遊ぶというのはまさに苦行だった。

中学生くらいになると少しは知的になってくるが、今度は相手の人間力が足りなくて苛ついた。悩んだり拗《す》ねたり、自分だけが特別でいたかったり、自己に目覚めたばかりというのも相手にするには疲れる。

かといって大人となると、すぐに年少の者をバカにしたがる。僅《わず》かに長く生きているというだけで、何もかも優れているとでも言いたげだ。

そんな大人相手に、知っていることも知らないふりをしたり、間違っていることにも頷かないといけないのは辛《つら》いばかりだった。

唯一、安寿が心を許せた大人は、吉村だけだ。だがその吉村にも、安寿は自分の別の一面だけは見せていない。

なぜ、九馬にだけは見せてしまったのか、安寿はまだ考えている。

その時、作業場のシャッターを叩《たた》く音がした。自宅用の玄関はあるが、インターフォンはない。九馬はそこでシャッターを叩いたのだろう。安寿はシャッターを半分開いて、九馬を出迎えた。

「ダークサイドにようこそ、九馬東二……。しかし、よくわかんねぇよなぁ。何で、わざわざ危ないところに来るんだ？」

安寿のリクエストに応えて、九馬はジャケットにストライプのシャツ、それにチノパンという、一見高校生には見えない恰好をしていた。

「こんなのでよかったか？」

「ああ、いいよ。それじゃ、遊びに行こうか」

安寿はスキニージーンズに、フェイクレザーとデニムのリバーシブルジャケット、それにキャップという、若者らしい恰好をしている。そして肩からは大きめのバッグを提げていた。

「バイクで行くのか?」

「ああ……そうだよ」

どこへ行くのか、九馬は知りたい様子だ。クラブに踊りに行くとでも思っただろうか。だが、安寿のやろうとしていることを知ったら、呆れて途中で逃げ出すかもしれない。

そのまま渋谷《しぶや》に向かった。バイクを有料駐車場に入れると、安寿はそこからどこへ行くとも言わずに歩き出す。九馬は黙って付いてきた。

「何か食べようよ。あそこがいいな」

しばらく歩いた後で、安寿は外にテーブルが多数出ているオープンカフェを示した。客には外国人も多くて、奥にはワインのボトルがずらっと並んでいる。

メニューを二人で見ながら、安寿はその合間にちらちらと視線を通りを行く人達に向けた。

「これが楽しいデートなのか? 映画でも観に行く?」

「もっと面白いもの見せてやるから、大人しくしてろ。俺が何か指示したら、それは絶対に守れ。いいな」

「……ああ、分かった」

今はまだ分からなくていい。分かってしまったら、このゲームの面白さは半減してしまう。

「安寿、欲しいものってあるか?」

話題が見つからないからだろうか。九馬はそんなことを訊《き》いてくる。

「何だよ、プレゼントしてくれるつもり?」

「何もないなんて言わないよな」

「あるよ。あれ」

安寿は夕暮れの空を背景に聳え立つ、ネオタワーを示す。

「あれの天辺が欲しい」

「最上階?」

「そうだよ、天辺だ。あそこにオフィスを構えたい。小さい夢だろ?」

「ああ、安寿にしては、小さいかもな」

本当にささやかな夢だと思う。そんなささやかな夢だからこそ、二十代の前半で成し遂げなければ意味がないと思った。

料理とノンアルコールのビールをオーダーし、来るまでの間、安寿はさりげなく周囲に視線を走らせる。そして一点で、その視線は止まった。

「あの男にしよう」

安寿の呟きを、九馬は聞き逃さなかった。

「あの男って?」

「ここにいる客を値踏みしている、外国人がいるだろ。中近東っぽいやつ。あんまりじっと見るな。さりげなく見ろ」

「ああ……」

髭《ひげ》を生やした、いかにも中近東らしい濃い顔立ちの男だった。店に入ることはせず、前の道路でずっと携帯電話を弄っている。けれどその様子から、明らかに弄っているだけで、実際に通話やメールをしているとは思えなかった。

「あの男がどうかしたのか?」

「ヤクの売人だ。あいつから、買うことにしようか」

「……おい、それはないだろ」

「俺がヤクとかやると思ってる?」

そう思ったのなら、九馬との関係はここで終わりだ。その程度の男だったのかと、失望感は隠せない。なぜ安寿が、こんなところまで九馬を連れてきて、売人から麻薬を買おうとしているのか、よく考えてから口を開いて欲しかった。

「思ってないから安心しろ。いいか、ああいうやつらには、必ず監視が付いてる。一人の筈はない。何かしようって思うなら、注意しないと自分がヤバイって」

やはりそうでなくちゃいけない。九馬の答えは、安寿にとって満足のいくものだった。

「だから九馬が必要なんだ。フォローしろよ」

そこで安寿は、左手を挙げた。すると高校生がするには高額過ぎるオメガの腕時計が、カシャカシャと揺れた。すぐにウェイターが気がついて近づいてくるが、それと同時に男も安寿の存在に気がついたようだ。

ちらちらと安寿を見ながら、携帯電話を意味もなく開いたり閉じたりしている。

ウェイターが来ると、安寿は飲み物をお代わりした。そして携帯電話を取り出し、突然、はっきりと聞こえるように話し出す。

「おせぇよ。もう着いてる。女、どうしたって、捕まらない。駄目じゃん」

九馬には、それが嘘の電話だと分かっている筈だ。けれど安寿が、突然、何でそんなことを話し出したかまで分かるだろうか。

「あーあ、夜までどうすんだよ。何とかする？　ぶっとぶやつ用意しろって。俺が？　そっちが用意するんじゃなかったのか」

安寿は思いきり不機嫌そうな顔をする。

「段取り悪すぎ。いいよ、俺がどうにかする。その代わり、ましな女連れてこいよ。この間みたいなのはパスだから」

そこで安寿は電話を切り、九馬に向かってため息を吐いてみせた。

「使えねぇよな、あいつ」

「ああ、あいつね」

上手く話を合わせてくれた九馬の視線は、思わず男に向けられてしまう。どうやら見事に引っかかったらしい。男は安寿と九馬を見ていたが、すぐに視線を他に泳がせていた。

「そう、あいつさ」

安寿はそこで時計を見る。まるで他の誰かとの、約束があるかのように。

「いい時計だ」

九馬は手を伸ばしてきて、その時計に触れた。

「二番目の親父のさ」

高価な時計を集めるのが趣味なのに、継父がその時計をしているのを安寿は見たことがなかった。だから安寿は、よく似た安物を用意して、順次取り替えていった。けれど継父は気がつきもしない。恐らく今でも、知らないままだろう。

それから三十分ほど、電話の演技をしたり、飲み物をオーダーしたりして過ごした。そして安寿はテーブルにウェイターを呼び寄せ、札がぎっしり入った財布から現金で支払った。

「金、持ってるな」

九馬が呆れたように言うので、安寿は中から一枚取り出して九馬に見せつける。真ん中に大きく子供銀行と書かれている、おもちゃの札だった。

「ほとんどがこれさ」

本物の金だって、実はかなり持っている。九馬なんかには、想像もつかない金額だ。だがそこまでは教えない。

金は人間を狂わせる。九馬に狂って欲しくはなかった。

二人が店を出ると、男が付いてきた。少しずつ、距離を縮めてくる。すると安寿は、わざと聞こえるように呟く。

「ぶっとびたいけどなぁ。どうする？　女、こっちで誘う？」

九馬は苦笑する。このままだと本気で安寿がナンパしそうだと心配しているようだ。安寿に惚れているのに、初めてのデートでナンパを手伝わされるのでは、あまりにも惨めだろう。

「オニイサン、ハイになれる、あるよ」

ついに男が話し掛けてきた。すると安寿はいかにも慣れた様子で男をちらっと見て、辺りを警戒するように視線を移した。

「カメラあるとヤバイだろ。ちょっと移動しよう」

そう言って安寿は、さりげなく移動を続ける。男は距離を保って付いてきた。

こういうのが俺の遊びなんだと、安寿は九馬に告げたい。けれどまだ早すぎる。

人通りの少ない一画にたどり着くと、安寿はバッグに手を突っ込み、財布を取り出すような動作を示した。

「で、何があるの？」

「ピンク……大麻も少しある。どっち？」

「そうだな……」

そして安寿は、特製の手錠を取り出し、素早く男の手に塡《は》めると、道路標識の柱に男の手を挟む形で繋《つな》いでしまった。

「分かる、これ？」

そして安寿は、警察手帳らしきものを男の前に突きつける。そして上質な革手袋を塡めると、男の体を探り始めた。その様子が手慣れていたので、売人の男はすぐに覚悟を決めてしまったようだ。

自国語と英語、それに日本語を交えて、不当逮捕だなどと喚《わめ》いている。

「あった、これか」

汚れたジーンズのポケットに、少量の薬物があった。そして安寿は男の財布を抜き取り、中身を見てあざ笑った。

「稼ぎはこれだけか。たいしたことねぇな」

金だけ抜き取ってもよかったが、あまりにも少なくてそのまま財布に戻してやった。それから安寿はバッグの中から、無線機を取り出す。

「応援、お願いします。違法薬物所持の外国人、身柄確保しました……場所は……」

電柱に書かれた住所を読み上げ、安寿は急いで無線を切ると歩き始めた。そして男の視線が届かないところに行くと、素早くキャップを外し、バッグから取り出した黒くて長い鬘《かつら》を被る。

リバーシブルのジャケットを裏返しにし、サングラスをして、さらにシャツの下に手を突っ込み、用意したヌーブラを胸に張り付けた。

その間、三分もかかっていないだろう。街路に植えられた木の陰でそれを行い、何食わぬ顔をして九馬の腕に、安寿は自分の腕を絡めた。

「さっ、デートだ、九馬。楽しそうに歩け」

「……今の、何だ?」

「警察無線に入れるんだ。あれ、面白いぞ」

「そうじゃない。何のために、あんなことするんだ?」

「遊ぼうって言っただろ。これが俺の遊びさ」

安寿の足は速くなる。そして適当に道を曲がって、ラブホテルのあるほうに向かい始めた。

誰も二人になんて注目しない。俯いて足早に、ラブホテルに向かうカップルなんて、ここには掃いて捨てるほどいる。

「安寿、教えてくれ。あれって、おまえなりの正義なのか」

九馬の問いかけに、またもや安寿は笑った。

「そんな真面目な男に見えるか?　俺はただ面白いからやってるだけさ。この後、警察も混乱する。想像してみろ。可笑《おか》しいから」

無線で呼ばれて駆けつけた警察官は、道路標識に手錠で繋がれた男を見て、即座に逮捕するだろう。違法薬物を持っているのだから、逮捕には何の問題もない。

けれど警察官は、その後で混乱する筈だ。

ではいったい誰が、この売人をここに拘束したのだと。

「残してきた手錠とか、カフェで目撃されてたこととか、後でヤバくならないか?」

「九馬、おまえ、意外に心配性だな」

パトカーが赤色灯を点滅させながら、緩い坂道を上っていく。けれど乗っている警察官が、二人に注目することはなかった。

「手錠に指紋は残ってない。あれは東南アジア産のおもちゃだが、そんなのはすぐにばれてもどうってことないんだ。売人は俺を警察官だと思いこんでるから、あっさりと囮《おとり》に引っかかったのは、自分に運がなかったと思ってるだろ」

誰が捕まえたのか、それが問題になるのはずっと後になってからだ。その頃には、ここに二人がいた痕跡など綺麗に消えている。

九馬の腕にぶら下がるようにして歩いていた安寿は、速度を緩めて九馬の顔を見上げる。その顔は、明らかに不機嫌そうだった。

「九馬、何だよ、楽しめなかった? そんな顔するなよ。しようがないなぁ」

そこで安寿は足を止め、九馬のジャケットの襟を両手で摑《つか》んで自分のほうに引き寄せると、そのまま唇を重ねた。

大サービスだ。舌まで使って、濃厚なキスをしてやる。すると微《かす》かに触れている九馬の下半身が、変化し始めていることに気付いた。

「歩くの大変そうだな」

唇を離すと、安寿は九馬のものにさっと触れる。すると九馬は体をぶるっと震わせて、慌てて安寿から離れた。

「でけぇな……こんなのだと大変だろ」

「ほっといてくれ。いいから、もう行こう」

九馬は安寿の手を握り、大股で歩き出した。動きがどこか不自然なのは、チノパンの中が大変なことになっているからだ。

安寿は楽しげに笑い出す。あんな危険なことをした後で、九馬はしっかり勃起《ぼっき》させている。いい根性していると思えた。

「そう簡単にはやらせないから、あまり期待しないほうがいい」

九馬に寄り添い、その耳元に息を吹きかけながら囁く。

「夢の中でなら、好きなだけ犯してもいいけどな……」

ほらっ、今にも射精しそうだ。そう思いながら、安寿は九馬の手のひらをくすぐる。そうしているうちに、九馬がぶるっと体を震わせた。もしかしたら射精したかもしれないと思うと、安寿は久しぶりに、自分の体も熱くなってくるのを感じた。

だが、ここで九馬と寝てしまったら終わりだ。安寿はそれほど自分を安売りはしない。

「なぁ、楽しかった？」

恋人のように寄り添いながら、安寿は甘い声で囁く。すると九馬は笑い出した。

「楽しかったよ。やっぱり安寿は変だ。それでなくちゃ、俺が惚れる意味がない」

「変だろ。それでも惚れるなら、九馬のほうがもっと変だ」

九馬の頬《ほお》に唇を寄せて、チュッとキスをした。

裸にして縛り付けた九馬の上に乗り、全身にキスしてやりたい。けれど射精を促す手助けはいっさいしないで、焦らし、いいように弄くり回してみたかった。

けれどそこまでするのは、もう少ししてからだ。

惚れたなんて口で言うのは簡単だ。どれだけの忍耐と忠誠を示すか、まずは確かめないといけない。

「気に入ったよ、九馬。俺の隣に座るのを許してやる」

けれど自分が優位に立とうなんて思うなと、安寿は願う。安寿は自分を支配しようとするものだけは、決して許せなかったからだ。

東大の法学部に、九馬と二人、苦もなく受かった。安寿は三人の継父から、合格祝いを受け取った。整形外科医の継父と今の継父は、もっとも分かりやすい金という形でくれた。安寿にとってたいした金額ではなかったが、とりあえず大げさに喜んでみせ、いい息子の顔をする。

整形外科医の継父は、未だに母に未練がある。何しろ性癖の変わった男で、オムツをして赤ちゃんプレイをするのが大好きなのだ。母はどんな男とでも、相手の望む最高のセックスが出来る女だったから、代わりを見つけるのも容易ではないのだろう。

復縁希望の整形外科医としては、今の七十歳近い継父がさっさと死ぬことを、内心願っているのに違いない。たまに安寿を呼び出しては、継父の様子を訊いたりしている。何なら継父の食事に、それとなく毒でも入れてあげましょうかと言ってあげたいくらいだ。

吉村だけは、少し変わっていた。

「入学おめでとう。やっと大人になったな」

その日、滅多に予約が取れないという有名シェフのレストランで、安寿は吉村から合格祝いの招待をされていた。

「どうも、ありがとうございます」

安寿はスーツ姿で、吉村の期待に応える。細身のスーツは、デザイン重視の華やかなものだ。

襟とポケットが別布で、しかもアシンメトリーになっている。

髪はこの日のためにカットしてきた。少し明るい色なのは生まれつきで、濡《ぬ》れると今でも毛先がくるっと巻いてしまう。だから雨の日は、キャップが必要だった。

今日も雨が降っている。スーツに合わせて、今日は鍔《つば》のあるハットを被ってきた。その昔の伊達《だて》男は、粋にハットを被っていたが、残念なことに安寿の顔は女顔なので、理想のようには似合わない。

肩幅も広く、渋い男の吉村なら、ハットも似合いそうなのがむかついた。

「卒業と入学祝いを兼ねて、ご希望のアパートをプレゼントしたが、どうなってる？　学生相手に貸すんじゃなかったのか？」

「んっ……まぁ、いろいろと」

「ボランティアでもする気なのか？　何かホームレスみたいな、窶《やつ》れた男ばかり入ってるみたいじゃないか」

アパートを一軒、吉村には買って貰った。けれど名義は、まだ吉村のままにしてある。いくら何でも高校を卒業したばかりで、いきなりアパート経営では税務署に狙われそうだ。

そこに安寿は、厳選した元ホームレスの男達を住まわせている。その理由を、吉村には正直に打ち明けるべきかもしれない。

「マネーゲームの駒で雇ってるんだ」

「マネーゲーム？　株やってるのか？」

「まぁね」

「資金は？　どうしたんだ」

途端に吉村は不機嫌丸出しの顔になった。

安寿が危ない株の取引に手を染めているからではない。自分以外の誰かが、安寿を支援しているのが気に入らないのだ。

「金は……持ってる。ママ名義で、中学からやってたから」

「パパズに、出させているんじゃないだろうな？」

「ないよ。あいつらケチだから」

これを言ったら吉村が嫉妬するから言えないが、安寿が生まれる前に亡くなった実の父からも、十八歳の誕生日に結構な額の遺産を受け取った。

だが安寿は、それぞれの継父と会うごとに、まだ学生だから、本を買う程度の金しか持っていないようなふりをする。すると彼らはたいがい、学生に渡すには法外な額の小遣いをくれるのだ。

吉村に対しては、特に他からの援助なしと匂わせないといけなかった。そうしないとこの焼き餅焼きの継父は、自分がその金を払うから、返してこいと言い出す。

「マネーゲームなんてやらなくてもいいだろ？　小遣いが欲しいなら、そう言えばいい」

では毎月、一億の小遣いをくれと安寿は言いそうになった。

「雇ってる男達って、信用出来るのか？　金持って、逃げられたら終わりじゃないか」

「ああ、それはないから、安心して」

二十代から七十代までの男達六人、アパートにそれぞれ一部屋を与えて住まわせている。彼らの仕事は、一日パソコンに張り付いて、安寿の指示を守って株の個人売買をやることだ。

安寿はやっていることを絶対に口外しないという条件で、彼らを雇っている。バックにヤクザがいるように思わせているが、自分達のボスが二十歳にもならない若者だと知ったらどうだろう。

ギャラは支払っているし、ワンルームとはいえ、エアコン完備の部屋代も光熱費もただだ。希望すればきちんと申告して、国民健康保険にも入れるようにしてやっている。

もう二年、彼らとタッグを組んでいる。以前は、もっとボロのアパートを借りていたが、大家が探り始めたので、吉村に頼んで別のアパートを買ってもらったのだ。

高額な買い物だから、家賃収入で支払うと言っても、吉村は聞かない。けれどきちんと支払ったほうが、ずっと楽なことを安寿は知っていた。

借りが出来たのは、あまりいいことではない。

「そんなに金が必要か？　起業するつもりなら、幾らでも投資するが」

「……ネオタワーを買いたいんだ。幾らいると思う？」

「ネオタワー？　あまりセンスのいい買い物とは言えないな」

吉村はネオタワーが嫌いだ。それは若手建築デザイナーの手によって設計されたという、ただそれだけの理由だった。

「それならネオタワーより高いビルを建てればいい」

そこで吉村は、ふっと笑う。

ネオタワーが欲しいなんて、可愛いところもあるじゃないかと、大人の余裕を見せたいのだろう。

「株で稼いだくらいじゃ、ちょっと難しいかもしれないぞ」

「分かってるよ、そんなことくらい」

安寿は若者らしく照れ笑いなどしてみせたが、内心は本気でネオタワーを手に入れる気になっていた。出来ないだろうと笑われたせいで、かえって現実味を帯びてしまったのだ。

子供時代が終わった証拠に、いつもはソフトドリンクだけなのに、今夜は安寿にもシャンパンが振る舞われた。安寿は料理の合間にシャンパンを楽しみながら、次に吉村が何を言い出すかと待ちかまえる。

「卒業旅行にオーストラリアはどうだ？　二週間くらい、行こうか？」

エビとアワビと鯛《たい》が並んだ料理に、優雅にナイフを入れていた安寿は、そう来たかと内心笑った。ヨーロッパと言い出すのかと思ったら、アウトドア好きだけのことはある。

「友達、一緒に連れてったら駄目?」

駄目に決まっている。吉村の脳内では、新婚旅行のつもりなのだから。

吉村は感情を隠すのが下手だ。またもや露骨に嫌そうな顔になった。

「友達?」

「そいつの分の旅費は払うよ」

「いつ、そんな友達が出来たんだ? 同年代のガキとつるむのは嫌いじゃなかったのか?」

苛立っているのか、吉村は一気にシャンパンを空ける。そしてボトルが空になったと知ると、白ワインのフルボトルをオーダーしていた。

あまり飲んで欲しくない。いつもはさっぱりしている男なのに、酔うと決まってしつこくなった。

「俺だって、友達くらいいるさ。いないほうが問題なんじゃないの」

あれは友達なんだろうか。濃厚なキスをする関係でも、友達と呼ぶべきなのか。

九馬が安寿を欲しがっているのは分かっているが、一年近く付き合っているのに、未だに許すのは唇までだ。

安寿にだって性欲はあるが、そんなものに支配されるのなんて真っ平だ。だから九馬を焦らし、苦しめているだけで今は満足している。

九馬が抱かれたがるようなタイプだったら、案外、簡単に関係は進んだかもしれない。けれど冗談っぽく九馬に、俺にやらせろと言うと拒否される。では俺とやりたいのかと聞くと、九馬は答えない。

　つまりやりたいのだ。

「面倒くさい……」

　思わず呟いてしまった一言を、吉村に聞かれてしまった。

「そうだろ。本当は面倒くさいと思ってるんだ。なのに普通のガキのふりをするのは、どういう訳だ？」

　面倒だなと思うのは、自分が九馬の下敷きになって耐えられるかだ。黙って安寿の背後を守ってくれるご褒美に、抱かせてやってもいいのだろうが、その後で安寿の男を気取って、偉そうにされてはたまらない。

「旅行の意味、もう分かってるだろ……」

　そこで吉村は、思い切り卑屈な目をした。

　母が吉村と再婚したのは、安寿が十二歳の時だ。さすがに母も、赤ちゃんプレイに付き合うのに疲れたらしい。自分をまともに女扱いしてくれる男に、鞍替《くらが》えを狙ったのだろう。

　けれど母は、この再婚には別の意味があったとすぐに気がついた。

　吉村の狙いは、最初から安寿だったのだ。

　子供時代にレイプされなかったのはありがたかった。けれど安寿が隠れていろいろな経験をしていたと吉村が知ったら、そうはいかなかっただろう。

「パパ……そういうのなしにしよう。アパートの金は、借用書作って、きちんと払うから」

寝たら最後、吉村の安寿に対する執着は、今よりずっと酷くなる。吉村は嫌いではないが、愛人として囲われるなんて嫌だった。

「散々待たせておいて、それはないだろう」

「勝手に待ったのはパパだ。悪いけど、俺、もうバージンでもチェリーでもないよ」

地雷に向かって、手榴弾《しゅりゅうだん》を投げたようだ。けれど吉村は、かえって落ち着いてしまったらしい。新しく出された白ワインを飲みつつ、アワビを楽しんでいる。

それともこれは余裕のあるところを見せるための、作られたポーズかもしれない。

ふと安寿は、九馬がご馳走を前にして待てをする犬のように、ひたすらよしと言われるのを待っている姿を思い浮かべていた。

九馬のほうが余程正直だ。だから時々、情けを掛けたくなってしまう。

「相手は、その友達か？」

平常心を装っていても、吉村のこめかみはぴくぴくと震えている。

あんたがもう少し魅力的だったら、俺は枕を抱えてあんたのベッドに潜り込んだだろう。それをしなかったのは、どんなに大人の男のふりをしてみせたって、隠すことの出来ない執着心のせいだと、安寿は心の中で呟く。

「パパ、ずっとママの恋人のままでいてくれればよかったのに。俺にとって、やっぱりパパはパパなんだよなぁ。何せ、本物のパパ知らないし、前のドクターは、あれパパじゃないし。今のは、もうパパって言うより、祖父《じい》さんだよなぁ」

「逃げるのが上手いな。女でも出来たのか？」

「……」

女は嫌いだ。あの女独特の思考法に、苛っとさせられる。けれどここは沈黙で通すしかない。女が相手となれば、吉村も諦《あきら》めるかと思えたのだ。

「まさかな、それはないだろう。安寿が納得するような女なんて、四十過ぎのババァくらいのものだ。青臭い女に、ぼうっとなるとは思えない」

さすがに鋭い観察眼だ。ストーカー気質の人間を、呼び寄せてしまうところがある安寿だが、吉村はその中でも最強なのかもしれない。

「男か……同じ法学部、彼だろ？」

「あいつとは、そういう関係じゃない」

咄嗟《とっさ》に安寿は、九馬を庇《かば》っていた。なぜかは分からないが、九馬に対する暴言を、吉村の口から聞きたくなかったのだ。

「それじゃあ何だ？　信奉者か？　それとも俺から身を守るために、ボディガードとして旅行に連れて行くのか？」

「俺と同じくらい、頭が切れるし、根性あるんだ。将来、何かやる時は、あいつと組みたい」

危険な遊びにも、九馬なら安心して誘える。一度として九馬は、失敗したことがない。いつでも安寿を、巧みにフォローしてくれた。

あれはただの遊びじゃないつもりだ。いずれ何か大きなことをやるための、訓練のようなものだ。本格的なスパイ訓練など受けてみたいが、法学部を出て警察官となり、ＦＢＩやＣＩＡで学ばせて貰えるのを待っていたら、何年もかかってしまう。

だから自分で考え出した、度胸試しのようなことをしている。だがこのゲームは、失敗したら警察に目をつけられるのは必至だった。

「安寿、子供にはおまえの相手は無理だ」

あんたでも無理さと、安寿は言いたい。

支配欲が強いのは、吉村のもっとも嫌いなところだった。

「変な所で暮らしているらしいな。そいつと同棲してるのか?」

いよいよ本格的な詮索《せんさく》が始まった。どうせ垂れ込んだのは、母に決まっている。別れた元夫とも、まめに連絡し合っているからだ。

「オーストラリア、俺は行かない……」

面倒くさいのは嫌いだった。いっそアパートは、母に買い取って貰う形をとり、自分で払おうと思う。そうすれば、吉村とこれ以上関わらずに済む。

何よりも苦労するのは、年齢にそぐわない金を持っていることだ。自分で稼ぎ出したと言っても、誰も信じてはくれないし、むしろ今は資産を隠しておきたいところだった。

「安寿……怒ったのか」

安寿が怒ると、吉村は狼狽《うろた》える。優位に立っていたのではなかったのか。子供のわがままに振り回される大人ほど、みっともないものはない。

「俺は純粋に、父親としてパパを愛してるんだよ。俺の父親はパパしかいない。そう思うように、育ててくれたのはパパじゃないか」

「……」

下心を隠すために、吉村は見事な父親像を演じてしまった。それは自分でも自覚していた筈だ。

「なのにこれからは大人の関係になりたいなんて……いきなり言われても、悲しいよ」

そこで安寿は、瞬きもせずにすーっと涙を流す。

俺の涙は、ダイヤモンドより価値がある。なぜならほとんど流れることがないからだ。もっと感動して見てくれよ。

そう思っているのに、安寿は黙って食事を続ける。そしてナプキンで、涙は拭《ぬぐ》わずに口元だけ拭った。

「父親を失っても、恋人を得たと思えばいい」

吉村は歯切れの悪い口調で言った。

「そういうの無理だから、もう二度とパパには会わない。アパートのお金は払うよ。高校卒業したら、死んだ父親の遺産を貰えることになってるんだ。足りない分はママに借りるから、心配しないで」

「安寿、落ち着け。そう感情的になるな」

感情的になっているのは、吉村のほうだ。けれど吉村は、言ったところでそれを認めない。安寿の涙で動揺しているのだろう。グラスを空ける頻度が増した。

最後の肉料理が出る。そこで安寿は、すぐにデザートとコーヒーも出してと頼んだ。もう吉村と一緒にいたくない。ネオタワーが見える、あの薄汚れた家に帰りたくなっていた。天使の顔をしていられるのも、そろそろ限界だ。愛に飢えた息子が欲しかったのだろうから、もう十分、吉村は楽しんだ筈だ。その見返りにアパート一軒というのは、欲が深かったかもしれないが、どんなに稼いでも吉村にはそれを遺す相手がいない。

たいして付き合いもない親戚や、それこそ吉村に何の楽しみも与えてくれなかった、国に没収されるくらいなら、安寿が使ってもいい筈だ。

「そんなに怒らなくてもいいだろう。安寿は、いったい何がやりたいんだ？　助けてやるつもりでいるのに、どうして分かろうとしないかな」

「俺は、死に金を生かしたいだけだよ」

「死に金？」

「そう、死に金。金っていうのはさ、生きてるんだよね。だから動いていくのが大好きなんだ。それが動きを止められてね。じっとしていなくちゃならないってのは、かなり辛いと思うんだよな」

母は金が大好きだ。集めるのも好きだが、使うのも大好きだった。だからなのか、母にはいつも金がまとわりついている。

決して過去は語らない母だが、どうやら極貧の家に生まれたらしい。それが何かのきっかけで、金に愛される女になったのだ。

「優羽の影響か？　金だけが人生じゃないぞ」

「もちろんさ。別に、金持ちになりたいんじゃない。金を生かす人間になりたいだけ」

吉村には安寿の考えていることなど、所詮分からないのだろう。むしろこういった話だったら、今の継父のほうが話しやすい。何しろ、金に対する欲望まみれの人間が集う、パチンコ産業の経営者だったのだから。

「いいよ、もう。そういう話は、祖父さんとするから」

苛つかせたお返しに、嫉妬の種を蒔《ま》いていく。涙のサービスまでしてやったのに、いつまでも優位でいようとするからだ。

足下に縋《すが》り付き、懇願でもしてみせればいい。それともなければ、九馬のように絶対服従を誓うかだ。

あくまでも安寿を支配しようとする限り、もう吉村といる意味はなかった。

さっさと肉を食べた。有名店なのかもしれないが、それほどおいしいとは思わない。何しろ素材を弄りすぎている。

「安寿」

「本当の愛があれば、相手の嫌がるようなことは決してしないと思うんだ。それって間違ってるかな？」

「そんなに、俺といるのが嫌なのか？」

吉村の中で、怒りが沸々と煮えたぎっている。冷めた頃には、いい具合に発酵が始まるだろうか。

「最初に親子ごっこに誘ったのはそっちだ。だけど、もう終わった。息子の次は愛人にしたかったんだろうけど、俺、そういうのに興味ない。結局はセックスしたいだけだろ。その程度なの。その程度の男だった？」

「何だ、その言い方は」

「吉村さん、あんた、自分の夢に酔ってただけだよ。いい加減に目を覚ますといい。六年間、楽しい親子ごっこをしてきたんだ。その思い出まで、汚すことはしたくない。だから……もう二度と会わない。さよなら……吉村さん」

安寿は立ち上がり、そのままクロークへと向かう。そして預けてあったハットを受け取った。

吉村は追ってこない。さすがにこんな店の中で、醜態を晒《さら》すことは出来ないのだ。

人間の欲望が生み出す複雑な感情というやつは、実に厄介だと安寿はいつも思う。特にセックスがらみとなるとややこしい。

「たかが精液を出すだけじゃないか……何でそんなに執着するかな」

店の外に出て、粋に見える角度でハットを被っていたら、見慣れた長身の姿が目を引いた。

「おっ……気が利くな。お出迎えか？」

九馬はにこりともせず、店の駐車場を顎《あご》で示す。

「あーあ、アパートぐらい、自分で買える大人に早くなりたい。手切れ金代わりに、アパートを貰おうと思ったけど、ウゼエ」

「大人をからかうと、今に刺されるぞ」

「そんな根性、吉村オヤジにねぇよ」

駐車場には、九馬が買ったオデッセイが駐まっていた。目立たないように初心者マークが貼られているのが笑える。

「心配してくれたんだ」

「ああ、そのまま拉致《らち》られるかと思った」

「そんなヤワじゃないって」

安寿の機嫌はよくなる。こういう気の利くところが、九馬のいいところだ。しかも車を走らせるとすぐに、安寿に向かって九馬は確信を込めて言ってきた。

「尾行、付けられてるぞ」

「どれ？」

「振り向くな。バックミラーで確認しろ。黒のバイク」

バックミラーには、フルフェイスのヘルメットを被ったライダーが運転する黒いバイクが、遠くにちらちらと映っていた。

「店の前にずっといた。パパは安寿の家、知らないんだろ？」

「んっ……どうする？　いっそ襲うか。この時間じゃ、まくの無理じゃね？」

「どこに誘い込む？」

「工業団地」

余計なことを言わなくて済むのもいい。九馬はすぐに車を、夜になるとほとんど無人となる、工業団地に向けて走らせる。

尾行をまくには、道交法違反で捕まるのを覚悟でカーチェイスをするか、逆に相手を捕まえるかだ。

映画やテレビは嘘ばかりだ。都内はカーチェイスには向かない。すぐにパトカーに追われる羽目になる。しかも今のパトカーはビデオ搭載だから、その場で捕まらなかったからといって安心は出来ない。

安寿が恐れるのは、自分の経歴に傷が付くことだ。不良少年のように、逮捕歴を自慢げに語るような趣味はないし、いずれ大きなことをやるには、経歴は無傷なほうがいい。

工業団地まではかなりの距離があったが、バイクは離れずに付いてくる。

「バッカじゃねぇの。こんなことしたら、俺がますますやつを嫌うって分からないかな」

「タクシー乗ってたら、尾行にも気付かなかっただろ」

「……そうだな。九馬、感謝……」

九馬に出会わなかったら、あるいは吉村を受け入れていたかもしれない。一人では処理しきれない問題が発生した時に、誰かを頼りたくなるものだからだ。

同じように危険すら楽しめる九馬を、安寿はいつか信頼するようになっていた。今夜だって、吉村のことを舐めてかかっていたから、九馬がいなかったら普通にタクシーに乗って帰ってしまっただろう。

あの家には、絶対に誰にも来て欲しくなかった。特に吉村には来て欲しくない。あんな所に住んでいるのには目的があると、吉村だったら見抜いてしまいそうだったからだ。

「そろそろやるか……」

カーブしている道の手前で、九馬は確認してくる。そして曲がった途端に、ハンドルをくるっと回して車の位置を逆さまにしていた。

そのまま九馬はスピードを上げて、カーブを曲がってきたバイクに向けて車を走らせる。そんな展開を予想してはいなかっただろう。バイクは車を避けようとして、路肩の縁石にぶつかりそのまま転倒してしまった。

「何、自爆してんだ」

九馬がわざわざバックして、バイクの側に車を駐めたので、安寿は笑いながら降りていった。

「大丈夫ですかぁ。救急車、呼びましょうか？」

そう言って笑顔で近づいた安寿は、男のヘルメットに手を掛けて無理矢理外してしまった。バイクや装備から若者かと思ったら、意外に歳のいった男だったので、安寿は苦笑する。

「それとも雇用主の吉村に連絡しようか？」

いきなり凄みを利かせて言いながら、安寿は手にしたヘルメットを叩いた。

男は一言も答えない。事故ったのは自分のせいだ。車とは一切接触していない。だからここで救急車や警察を呼んでも、安寿達には何の責任もなかった。

だが男に疚《やま》しいところがなければ、走路妨害だと訴えることは出来る。事実、九馬は反対車線を走っていたのだから。

なのに何も言わないのは、自ら尾行していたのを告白したようなものだった。

「レストランから尾行してただろう。分かってたから、ここに誘ったんだ。そうじゃないって言うんなら、何か言えよ」

そう言いながら、九馬が男の両脇を抱えて立ち上がらせたが、男はうっと呻《うめ》いた。どうやら転倒で足を痛めたらしい。

「守秘義務があるんだろうね、探偵さん。だけど、あんたあんまり優秀じゃないな。見つかってるのに気付かなかったのか？」

「……」

安寿に訊かれても、男は答えない。吉村にもその探偵にも、九馬の存在は想定外だったのだ。それを思うと、またもや笑いがこみ上げてくる。

「失礼……」

男の体を触り、すぐに財布と携帯電話、それにデジタルカメラを見つけ出した。携帯を開くと、着信履歴の中にやはり吉村の番号があった。

「これ、預かっておく。刑事事件になった時に、大切な証拠になるから」

「ちょっと、それは勘弁してくれないかな。商売道具なんだから」

初めて男は口を開き、情けない声を出した。

「じゃあここで、証言しろよ。吉村に雇われ、俺を尾行したってな」

安寿はそこで自分の携帯を取り出し、ビデオ機能にして男に向けた。

「どうする？　ゲロっちゃう？　それともシカトする？」

「勘違いだ。たまたま、同じ方向に走っていただけだ」

「ふーん。東京《とうきょう》都の探偵免許持ってる人が、たまたまあのレストランから、こんな人気《ひとけ》のない工業団地まで、一緒に走ってきたんだ？　知ってる？　この先は行き止まりだよ？　誰もいないこんな時間に、何するつもりだった？」

男の顔に不安が広がる。乱暴に男を摑んでいた九馬の殺気立ってきた様子に、危機感を覚えたのだろう。九馬が握った拳を男の頬に当てると、男は救いを求めるように安寿を見つめた。

「家出した息子だって聞いたんだ」

やっと男は、話す気になったらしい。

「今住んでる家を、調べるようにって、言われたんだが」

「俺はあいつの息子じゃない。出るとこ出れば、すぐに分かることさ。やっぱりこれは、預かっておくわ。吉村との交信記録取ったら返すから。名刺、一枚貰っておくよ」

男の財布から名刺を抜き取ると、安寿は顎で離していいと九馬に示した。

「……とんでもねぇ、ガキだな」

男は悔しそうに言ったが、すぐに苦痛に呻いてへたりこんでしまった。

そのまま二人はまた車に乗り込み、男を置き去りにして走り出す。

「凄いな、九馬。車は無傷だ」

「当たり前だ。あんなのとぶつけたくない」

九馬は怒ったように言いながら、車を安寿の家がある方向に向かって走らせる。

「家を突き止めて、どうするつもりだったんだろう？」

苛立ちの原因は、そこにあると安寿は気がついた。

「決まってるさ。レイプしに来るつもりだったんだろ」

「……安寿、ガードが甘すぎる」

「ああ、分かってる。九馬としても面白くないよな。九馬にもやらせてないのに、勝手に俺がやられちまったらさ」

吉村相手となると、安寿では確かに不利だ。マーシャルアーツを教えてくれたのは吉村だし、四十を過ぎているとはいえ、しっかりとした体をしていた。

「一度やって終わりになる筈がない。拉致されるぞ」

元は安寿に対して、ストーカー並みのことをしていた九馬だ。吉村の心理はよく分かるのかもしれない。安寿のほうは、それほどの危機感など持ってはいなかったが、今日見せた態度のせいで、何かされる危険性は今頃になって思い浮かんだ。

「安寿を狙ってるやつを、ずっと殴ってきた。悪いが、あのおっさんも殴りたい」

「まぁ、家におびき寄せて、やっつけるって手もあるけど、あいつに家の場所、教えるわけにはいかない。何しろ……改造銃があるからな」

安寿が心を込めて製作した改造銃は、すでに四丁に増えていた。あれをネタにして脅されるなんていうのは、最低の展開だ。

しばらく走って、やっと家のある地域にたどり着いた。九馬は、近くの有料駐車場に車を駐める。そして細い路地を抜けて家に向かっている途中、耳慣れない着信音が響いた。

「へぇーっ、ここまで間抜けだと、笑えるよな」

携帯電話の着信ネームを、九馬にわざと見せつける。そこには吉村の名前が出ていた。

安寿は電話を開き、録音モードにした。

『報告がないけど、まだ家に帰ってないのか？』

紛れもない吉村の声が聞こえてくる。安寿は携帯電話を覆って、低く呻いた。

「うーっ、えーっ」

『側にいるのか？　だったら住所と周りの景色、すぐに転送してくれ』

ジョーカーは見せびらかさない。安寿は自分が電話に出たことを、あえて吉村には告げずに、そのまま電話を切る。

そして可笑しさに、腹を抱えて笑った。

「笑い事じゃないぞ、安寿。あぶねぇよなぁ。危機感ってやつが、なさすぎるんだ。俺、しばらく安寿の家にいるから」

今度は九馬に、チャンスを与えてしまっただろうか。けれど九馬だったら、断りもなく襲いかかってくる心配はない。安寿は安心して頷いていた。

吉村からは、その後何度も電話とメールがあった。きっとあの使えない探偵が、自分の失敗を連絡したのに違いない。そこで慌てて吉村は、自己の釈明を開始したのだ。

「ああ、ウゼェ。着拒だな、これは」

風呂に入り、ボクサーブリーフ一枚という姿で、安寿は携帯電話を手にしてベッドに横たわる。その横には、律儀にルームウェアを着込んだ九馬が、背中を向けて横たわっていた。

「そんなに俺とやりたいのか？　バッカじゃねぇの」

「安寿、おまえ頭がいいのに、人間の感情となるとちゃんと摑めていないよな。いつか、それで失敗することになるぞ……」

「九馬には分かるのか？　ボクシングのチャンピオンになると、そういうことも分かっちゃうわけ？　凄いな、スポーツマン」

横を向く九馬の体に頭を乗せ、枕代わりにして安寿はくつろぐ。

「凄くなんかねぇよ。分かるように努力していくから、人間関係が上手くいくようになるんだろ。そういうのを、成長するっていうんじゃないのか？」

「……そうだな。九馬は分かって欲しくてたまらないんだもんな。自分の気持ち……ってやつを、知って欲しい？　俺とやりたい、安寿、やらせてくれ、安寿、やりたくておかしくなりそうだって気持ちをな」

「そうやって挑発するくせに、絶対に安寿はやらせない」

「絶対ってことはないさ……」

こうやって苦しんでいる九馬を見ているのが好きなのだ。だからしばらくは、このままの関係でいたい。そう思っても、九馬が痺《しび》れを切らしているのは分かる。

「キスは許してるだろ……」

九馬の背後から手を回し、シャツの中に手を突っ込んで逞《たくま》しい上半身を触りながら、安寿はさらに挑発する。

「セックスなんて、出すだけしか楽しみないじゃないか。それも一瞬だし。何で、そんなにしたいんだよ。それで俺を支配出来るとか思ってる?」

「勘違いしてるんじゃないか? こうしていちゃついてる時間だって、セックスしてるのと同じことなんだぞ」

「だったら、それでいいじゃないか。面倒なのは嫌いなんだよ。九馬、吉村みたいになるなよ。俺のことを支配しようとするな」

「分かってる」

九馬は体を起こし、今度は安寿のことを上からじっと見下ろしてきた。その顔はどこか悲しげだ。

「毎日一緒にいるだろ。こうして寝たり、キスしたり、なぁ、九馬、これがおまえの求めていたことじゃないのか？　俺と付き合うってのは、つまりそういうことなんだろ？」

「欲しいのは、こういった関係だけじゃない。安寿の心だ」

残念なことに、それだけはあげることは出来ない。安寿には心をあげる方法なんて分からないからだ。

「安寿はセックスを、ただの排泄《はいせつ》行為みたいに考えてる。だけど俺にとって安寿とやるってことは、安寿が心も体も、何もかも受け入れてくれたってことになるんだ。その違いが分からないなら、俺はいつまでもこのままの関係で我慢するさ」

「そうだな……じゃ、我慢してろ」

それでも九馬は、安寿にキスしてくる。それだけではない。九馬は体をずらしていって、ついには安寿の性器近くに唇がたどり着いてしまった。

「安寿、こういうのも経験ありか？」

「……まぁな……」

「なら、俺がしてもいいよな」

そのまま九馬は、安寿のものに唇を近づけてきた。

激しいキスをした後は、九馬が自分で慰めているのを知っている。けれど安寿は、それを手助けしてやったことはない。

甘えたい時に自分から抱き付いていくが、九馬が喜ぶようなことをそれ以外にしてあげたことはなかった。

今夜、あのまま吉村の家に行けば、きっと今頃は同じような展開になっていただろう。だが九馬と吉村の決定的な違いはこの先だ。九馬は安寿を満足させたら、自分で自分を慰めて終わらせる。吉村は、安寿の体を傷つけても思いを遂げ、さらに所有物の烙印《らくいん》を押そうとするのだ。

「安寿は……どんな言葉も信じない」

だから行動で示すというつもりなのか、九馬は優しく安寿のものを吸い始める。

男らしい九馬が、まるで古《いにしえ》の宦官《かんがん》のように振る舞っていた。安寿は全身の力を抜いて、与えられる喜びに浸る。

「そうだな、信じない。だって俺、平気で嘘が吐けるからさ。みんな、同じだと思っちゃうんだよな。まさか九馬、自分は違うなんて言うのか」

九馬は答えの代わりに、安寿の性器の先端を舌で丁寧に舐めてくる。

「んっ……んんっ……あっ……ああ、気持ちいいな……」

本当はこんなことやりたくないのではないか。安寿は九馬のことを、そんなふうに疑ってしまう。九馬は安寿の心を読んだかのように、さらに熱心に舌を使い出した。

「何だよ、どうしたんだ……九馬？」

安寿の手は、いつしか優しく九馬の髪を撫でていた。少し硬い毛の手触りは、獣を撫でてい

るような気にさせてくれる。

「あ、ん……んん、いい感じだ。九馬、上手いな。慣れてるじゃないか……。誰かとしたことあるのか？　いいよ、別に……したことあってもさ……」

昔のことなら気にしない。

けれど今、九馬が他の誰かに同じようにするのは許せない。

そう思った瞬間、ああ、これが感情というやつのややこしさだと気付く。嫉妬とか、独占欲とかに繋がっていくのが、このややこしい感情、所有欲なのだ。

九馬は安寿のものを口にしながら、器用に体をねじって自分の性器を取り出す。そして手でこすりながら、安寿への奉仕を続けた。

なぜ快感に追われながら、苦しげな表情になるのだろう。九馬はスパーリングの時のように、眉間《みけん》を寄せ、目を閉じて苦しそうに喘《あえ》いでいる。

そんな顔を見ているうちに、安寿の胸は優しく痛みだす。

そして九馬の髪を撫でていると、安寿の脳裏に祖母の皺《しわ》だらけの手が蘇《よみがえ》った。

母のことは大嫌いな祖母だったけれど、安寿だけは溺愛していた。その安寿はベッドの下に隠した金庫から、せっせと祖母の宝石類を盗んでいたというのに、横たわる祖母の手は、いつも安寿の髪を限りなく優しく撫でたのだ。

「んっ……んん」

快感の波に漂いながら、安寿はぬいぐるみのキュマを探す。

その腹の中には、未だに例の宝物が入っている。けれど祖母は亡くなる前に、そんな冷たい宝石よりももっと素晴らしい安寿という宝物を手に入れたのだ。だからもう不要になった宝物を、安寿が貰っても何の問題もない。

九馬は安寿という宝物を手に入れるために、こうして無償の愛を支払い続けるのだろうか。それとももっと別のものを、いずれ贈ってくれるつもりなのかもしれない。

「うっ……ううっ」

夢中になって安寿のものをしゃぶりながら、九馬は恍惚《こうこつ》となっていって声を漏らす。

「んっ、んん、九馬、もういっていい？」

「あ、ああ……お、俺も、いきたい」

「いいよ、出せよ。俺の体にこすりつけたいか？　してもいいよ」

「んっ……んんっ」

「あっ……ああっ、いかせて、九馬」

安寿は甘えた声を出して、九馬を自由にしてやった。それと同時に、安寿は足に生暖かい飛沫《しぶき》を感じる。

九馬の出したもので汚されたのだ。

荒い息をしながら、九馬は汚したものを拭い取る。そして再び背を向けて横たわったが、安寿は力ずくで自分のほうに向かせ、九馬の腕に自分の頭を乗せてしまった。

「何で背中向けるんだ？」

「空気読めよ。みっともないとこ見られて、俺だって恥ずかしいんだ」

「だったらおまえも空気読め。出すだけ出したら、俺は用なしか？」

「わ、悪かった」

欲望が去ると、途端に冷静になる。典型的な男の姿だと、安寿は苦笑する。けれど九馬も悪かったと思ったのだろう。安寿を抱く腕を曲げて、その体を優しく撫でている。

そうだ、こんなふうに優しくされたかったんだと、安寿は認めた。

「初めて吉村と、二人だけでキャンプに行った時、寝袋の中でこうやって腕枕して寝かせてくれたんだ。俺は、まだガキだったから、セックスっていうのは男と女でするもので、いい歳した大人の男が、ガキに発情するのはドラマの中だけだと思ってた」

「……逃げなかったのか」

「何もおかしなことはされなかった。父親がいたら、こんなふうに優しくされるのかなと思って、俺は……幸せだったんだよ」

吉村が何もしなかったのは、罪人になることを恐れたからだ。そんなことも分からず、初めて接する父性に素直に感動してしまったことを、安寿は今では恥と思っている。

だからどんなに安寿を愛してくれても、吉村を許せない。

「心配するな。大学まで追いかけてくるかもしれないけど、俺が絶対に守ってやるから」

「鬼ごっこだな。だけど逃げ切る自信はあるさ」

逃げるのはそんなに難しいことじゃない。これからはもっと逃げないといけないことが出てくる筈だ。そのための練習だと思えば、むしろ楽しいくらいだった。

「中途半端な優しさならいらない」

それが安寿の本音だ。

無償で愛し愛されるのは、肉親とだけなのだろう。けれど安寿には、そんなふうに愛してくれる肉親もいない。

母は安寿をそれなりに愛してくれてはいるのだろうが、やはり一番に自分を愛している。いや、自分以外を愛せない女なのだ。

愛が欲しい不幸な子供になんて、安寿はなりたくない。そんなみっともないものになるくらいなら、最初からいらないと言い続ける。

「九馬はまだ中途半端だ」

「分かってないだけだ。いいよ、いつか分かる時がくるさ。俺は急がないって、いつも言ってるだろう」

安寿を抱きながら、いつしか九馬の手は再び自身の性器を慰めていた。まるで安寿に見せつけているかのようだ。

「俺に見られて、恥ずかしいって、さっき言ってたよな？　なのに、またやるのか？」

「ああ……我慢出来ない……」

「ふーん、じゃ、見ていてやるよ」

九馬の顔をじっと見つめ、安寿は時折戯れのようなキスをする。すると九馬の顔に、またもや苦しみの表情が広がった。

「何でそんなに、自分から苦しむようなことをするんだ？　俺といても苦しいだけだろ」

「んっ……それだけの価値が、あるからさ。今更、他の誰に……こんな気持ちになれるっていうんだ。無理だろ……」

今度は九馬の胸に手を添え、乳首を弄ってやりながら安寿は頷く。

「そうだよな。だから最初に言っただろ。俺に惚れたら駄目だって」

「いいんだ……安寿が俺の腕の中にいるだけで、俺は」

可愛そうな九馬、そう思ったからか、安寿の手はさらに強く九馬の乳首を摘む。すると九馬の眉間に、喜悦の皺が深く刻まれた。

激しく動く九馬の手を、安寿はじっと見つめる。目を閉じた九馬は、脳内に何を思い浮かべているのだろう。安寿の乱れた姿だろうか。

すると安寿は、九馬の脳内にいる自分に対していい知れぬ嫉妬を感じた。ここに現実の安寿がいるのに、何を見ていると言いたくなる。

「九馬、目を開けろ。俺を見るんだ、九馬……」

「あっ？　ああ……ああ……安寿……安寿……」

九馬は安寿にしっかりと向き合い、目を開けた。

「俺はここにいる……他の誰かなんて見るなよ」

安寿の言葉に応えず、九馬は唇を求めてくる。そして性器の先端を安寿の体にこすりつけ、ますます息を荒くしていった。

結局アパートは、母の名義で買い取った。八部屋あるうちの六部屋に、安寿《あんじゅ》は自分の駒を住まわせている。彼らは安寿のために、日々パソコンに向かい、指示されたとおりに株の売買をやる。その金額が自分達の生活とは無縁な数字でも、彼らは悩むことはなかった。

株の操作は違法だ。同じようなことをして、逮捕された若者もいる。だが安寿は、彼らと同じ轍《てつ》は踏まない。たとえ稼いでも、目立ち過ぎるようなことをしないのが秘訣《ひけつ》だ。

駒の人選が一番のネックだった。心配してくれる家族がいなくて、社会性の欠けた者がいい。さらにギャンブルなどの依存症でなく、世の中を適度に恨んでいる人間がよかった。

彼らはまさか二十歳そこそこの安寿が、そんな大それたことを一人で計画したとは思っていない。それとなく安寿が匂わせただけで、ヤクザの資金源なのだと信じていた。

それでも住居を与えられ、高額のギャラが支払われれば文句はない。もう二度と、路上生活に戻りたくないと思うから必死だ。

「山田《やまだ》じいさん……また酒が始まったな」

安寿と二人、駒を管理している九馬《きゅうま》が、手にしたパソコンを覗《のぞ》きながら呟《つぶや》く。

「指示出したのに、動かなかった。今も応答なしだ」

大学生活も三年目に入った。その間に、安寿の資産は二十億を軽く超えている。父親譲りの天才的頭脳は、科学や医学の発展に使われることもなく、株の操作だけで安寿の資産を増やし続けていた。

まだネオタワーを買うにはとても足りないが、このまま順調にいけば、大学を卒業する頃にはネオタワーの中にオフィスを借りるくらいなら楽勝だ。

「それじゃ、追い出しに行くか」

講義を終え、そのままの足で安寿はアパートに向かうことにした。大学近くの駐車場には、九馬のオデッセイが変わらずに待ちかまえている。

金があっても、二人はフェラーリやポルシェに乗らない。目立つことは避けるのが、安寿のポリシーだったからだ。

「追い出し終わったら、教団に行くから」

九馬には、その日の行動をすべて報告している。教団の名前が出てくると、九馬は露骨に嫌そうな顔をした。

安寿の新たなターゲットは、新興宗教の教団だ。教祖の娘が手をかざすと、病が癒えるというのが売りになっている。欲望を捨てることが第一と説き、欲望の化身である金は、教団に喜《き》捨《しゃ》するようにと説く。

情報にどこまでの信憑性《しんぴょうせい》があるのか疑わしいが、安寿が聞いた話ではすでに三百億近い金を集めているということだった。

「どうして、あそこから金を引きたいんだ？　もう十分な資本金があるんだから、泥棒みたいなことしないで、自分で起業すりゃいいのに」

「それはまだ先だ。俺は、金を隠すやつらが嫌いなんだよ。金は、生きるべきだ。そう思わないか？」

「安寿だって、金を隠している」

「今は使えない。税務署に狙われたらアウトだからな。だが、いずれは何かの形で世の中に還元してやるさ」

本音を言えば、継父の会社も引き継ぎたい。だが継父には、すでに四十歳になる息子がいる。妻子がいるのに、継母となった安寿の母に色目を使うようなやつだが、長男の特権としてすべてが譲られるのだろう。

母に気に入られたいためか、長男は安寿にも愛想はいい。けれど内心、息子が増えたことで遺産の配分がどうなるのかと気に病んではいるだろう。

『愛光《あいこう》教団』という宗教団体の教祖のことは、継父と食事した時に話題になって知った。宗教なんて全く興味のなかった安寿だが、教祖がおそらくは二百億だか三百億だかの金を、教会内に隠し持っていると聞いて、うずうずしてきたのだ。

三百億あれば、ネオタワークラスのビルが買える。なのに信者から巻き上げた金は、使われることがない。なぜなら教祖は、宮殿のような教会からほとんど出ることがないからだ。

現世の欲にまみれることを戒めるのが教義だから、自ら実践しているのだろうか。

けれどそんな教義にそぐわないのが、多大な寄進を要求するところだ。金は持っていると我欲の元となるから、すべて教団に寄進して身軽になれと説いている。集められた金が、苦しんでいる信者に還元されるのならいいが、それほど教祖は優しくない。

かといってその金で政治力を手に入れるつもりもないらしい。政界に誰かを送り込むこともせず、宗教界での世界征服を目論《もくろ》む様子もなかった。

静かに、ただ静かに教会の奥で金は眠っている。企業だったら、利益を投資に回したり、株主に還元したりして金は動くが、教祖はただ集めるだけが楽しいらしい。

教祖が死ぬのを、教団の幹部は内心待ちかまえているだろう。死んだら隠し金庫を開き、教祖が集めた金を、皆で分配したいと思っているのだ。そして教義なんて無視して、思う様、現世の欲まみれになりたいに違いない。

「あの教団にいたら、金が可愛《かわい》そうだ」

安寿はぽつりと呟く。

「可愛そうなのは信者だろ。せっせと金を貢いでるが、騙《だま》されていることに気がつきもしないんだから」

「それは違う。彼らは騙されているわけじゃない。自分から騙されにいってるんだ。何かに縋《すが》らないと生きていけないのさ」

本当の宗教というものは、金など関係ない筈《はず》だ。富める者も貧しい者も、朝晩祈るだけで心が救われるのではないのだろうか。金品を貢がないと見返りがないなんて、その時点でおかしいと思わないといけないのに、信じる者が後を絶たないのはなぜだろう。

「どういうマジックなのかな。それが知りたい」

「いっそ、安寿が教祖になったらどうだ？　おまえならカリスマ性あるからなれるよ」

「貧しい人間から奪うのは嫌だ。誰にも使われない金がいくらでもあるのに、必要としている人間からわざわざ奪う必要はないだろ」

大衆を騙して、金を巻き上げるなんてしたくない。そう思ってしまうから、安寿はあまり起業に乗り気ではなかった。

「義賊にでもなりたいのか？」

「義賊って何？　ネズミ小僧かぁ？　いったいいつの時代の話してるんだよ。九馬、何、そのセンスの古さ」

「うーん、中学の頃、徘徊《はいかい》する祖父《じい》ちゃんの見張りで、ずっと一緒に時代劇見てたんだ。そのせいかもしれないな。こういうのってヤバイか？」

九馬は真面目な顔で言っているが、安寿は笑うしかなかった。

つまりそういうことなのだろう。江戸時代の義賊として有名なネズミ小僧のように、金持ちの蔵から千両箱を奪い取るのはしたいのだ。けれど安寿がするのは奪うまでで、その後のばらまきまでは考えていない。

「時代劇って、あんな都合のいいドラマはないよな。印籠《いんろう》見せたり、入れ墨見せれば、何でも解決しちまうんだ。年寄りはどうしてああいうの好きかな」

そう言いながらも、九馬にはどこかそういったドラマに影響されたようなところがある。古びた正義感というやつだ。

「それでいいんじゃね。難しいことを考えるのは面倒になるのさ。だから単純なのがいい。だけど駒に年寄り使うのは、やっぱり難しいな」

「……パソコン、扱うのが遅いからか？」

「違うよ。年寄りは生き方が変えられない。一度失敗して、路上生活にまで落ちたのに、また同じ過ちを繰り返す。囚われている過去が大きすぎるんだな」

最初からパソコンに詳しいような人間は、駒にしないつもりだった。むしろ何も知らなくて、教えられたことだけやれる人間がいればよかったのだ。そう思って、アルコール依存症という過去があった山田老人を駒として使ってみたが、やはり上手くいかない。

高校三年から駒使いを始めたが、今日までずっと続いている三人は、安寿の理想と違いパソコンに精通しているオタクタイプだ。皆、四十代で、何年も家にひきこもっていたが、両親が亡くなると資産も底を突き、家にも住めなくなったという事情がある。

自分と全くよく似たタイプが隣室にいても、彼らが交流することはない。すでにデスクの一部となってしまったかのように、ほとんど部屋を出ずに暮らしている。

一人だけ、全くパソコンを弄《いじ》らない人間がいて、その男が管理人をやっていた。各部屋のゴミ出しや、買い物などを頼まれてやっているのだ。その男の部屋には、各部屋の水道の使用状況が分かる装置が置かれていて、丸一日、水を使わなければ安寿に通報される仕組みになっていた。

たいがいは連絡のための電話をするから、水道の使用量で生死を確認するようなことは滅多にない。だが安寿が連絡しなかったら、彼らは何日でも人と接することなく過ごすのだ。生死を確認するための装置は必要だった。

アパートには戸数分だけ駐車場があるが、一台も車は駐《と》まっていない。誰一人として、車を必要としていないのだ。恐らくは免許も取っていないか、あっても失効しているのだろう。唯一の乗り物は、管理人が使用している古びた自転車だけだった。

その駐車場も、雑草などなく綺麗に掃除されている。そこに車を駐めると、安寿はすべての部屋に使用できるマスターキーを使って、勝手に山田老人の部屋を開けた。

付いてきた九馬は、うっと呻《うめ》いて鼻を押さえる。コップに残った酒の、饐《す》えた臭いが籠《こ》もっている。九馬は酒が嫌いなのだ。

山田老人は、散らかった部屋の中、床に敷かれた布団で寝ていた。小さなテーブルの上には、日本酒の紙パックが置かれている。酔っているのは明らかで、安寿達が入っても、気がつくことなく眠りこけていた。

「九馬、玄関のキーを解除しろ」

こんなアパートなのに、生体認証キーを使用している。安寿が解除を命じたから、山田老人はこの部屋を出たら最後、二度と入ることは出来ない。

「じいさん、契約違反だ。すぐに出て行ってくれ」

安寿は山田老人を足で蹴《け》って、非情にも解雇を宣言した。

「えっ、うえっ、あっ」

やっと目覚めた老人は、安寿の姿を見たものの、最初、誰だか分からなかったようだ。

「お、おまえら、人の部屋で何してるんだ?」

精一杯の虚勢を張って、山田老人は喚《わめ》く。安寿はしゃがみ込み、その眼前に自ら改造した銃を突きつけた。

ヤクザ者と思わせるための、単純なこけおどしだ。けれどほとんどの人間は、実銃など見る機会がないから、こんなものを突きつけられると震え上がる。まだ人を撃ったことはないが、改造銃とはいえ分厚い木の板を貫通するだけの威力はあったから、こけおどしにしては危険なものだった。

「ここはあんたの部屋じゃない。仕事場だ。仕事しないで、酒飲んでるようなやつは、ここにいる資格はないんだよ。すぐに荷物まとめて出て行ってくれ」

「えっ、いや、待ってくれ。か、風邪を引いて寝込んでたんだ。薬は体に合わないから、酒を飲んで寝ていただけだよ」

「だったら報告しろ。今日だけじゃない。前回も、指示を無視したな。じいさん、あれでどれだけの損失が出たか分かるか？　百じゃない、千の単位で落ちたんだぞ」

九馬はもう勝手にクロゼットを開き、山田老人の荷物をバッグに押し込み始めている。

「す、すいませんでした。二度と、このようなことはしませんので」

山田老人は布団の上に座り込み、へこへこと安寿に頭を下げる。

「こ、ここを出たら、もう行くところがないんだ。頼みます……追い出さないでください」

「そんなことは分かってるよ。身元保証人もないあんたを、部屋に住まわせ、高い給料も払ってやってたんだ。なのにその信頼を裏切ったのはあんただろ。酒は飲まないと、誓約書に書いた筈だ」

「……だけど、一人で寂しくて、つい手が出ちまったんです」

「一人になっちまったのは、その酒が原因だったんじゃないか。いいか、ここであんたをばらすのなんて簡単だけどよ。部屋、汚すと俺が叱《しか》られるんだ。とっとと出て行って、稼いだ金で死ぬまで酒を飲めばいいじゃねぇか」

まるでヤクザ者のように、安寿は低い声で、じっとりと脅す。すると山田老人は、蛇に睨《にら》まれた蛙《かえる》のようにすべての動きを止めて、その言葉に聞き入っていた。

「あんたが飲んだくれて死のうが、俺達には一切関係ない。必要なのは、指示どおりに、こっちが伝えた数値を打ち込めるやつだけだ。あんな簡単なことも出来なくなっちまったんだから、追い出されても当然だろ」

山田老人は呆然《ぼうぜん》としている。まさかこんなに簡単に追い出されるとは、思ってもみなかったのだろう。事態が飲み込めず、布団の上でじっとしている。

「鍵はもう解除した。二度とここには入れない。それがルールだ。何なら、駅まで送ってやってもいいぜ」

「……」

「いい夢見たと思って、諦《あきら》めな。短い間だったけど、いい暮らしが出来たんだから」

いい暮らしといえるかどうかは疑問だ。教えられたとおりにパソコンの前に座り、意味も分からず株価の操作に加担する。信じられない数字を打ち込みながらも、好きな酒を飲む自由すらない。

それでも寒風の吹きすさぶ路上で暮らすよりはましだっただろうか。

「さっさと荷物を点検しろ。残り十分、いいな」

山田老人はまだぐずぐずしていたい様子だったが、ついに諦めたのか、バッグに残りの酒を詰め込み始めた。

「このまま私が警察に駆け込んだら、あんたら困るんじゃないのかね？」

どうしても最後に、何か言わずにはいられないようだ。九馬はきゅっと眉を上げ、今にも殴り倒しそうにしているが、安寿はそれとなく九馬を止めた。

「どうぞ、いいよ、警察に行っても。だが、あんたがあのパソコンを操作していたってだけで、犯罪にはならないんだ。忙しい俺の代わりに、パソコンで入力するバイトが、何で犯罪になるんだ？　よく考えろよ、おかしいだろ？」

「裏で何かやってるんだ……」

数人で株価を操作するのだが、山田老人にはその仕組みを理解することは不可能だった。しかも山田老人は、このアパートの住人が全員で同じことをしていることすら知らない。

「だからどうなんだ。ただで部屋を与え、給料くれるところなんて他にあるか？　世話になっておいて、自分が仕事をしなかったのに逆恨みか？」

悪いのは世の中だ。自分は決して悪くない。ただ運が悪かっただけなんだ。そんな言い訳が今にも聞こえそうで、安寿は九馬にさっさと追い出せと示した。

不幸を他人のせいにする人間は、大嫌いだ。そして不幸に酔う人間も、大嫌いだった。

やはり駒の人選は、慎重にやらないといけない。けれど一度や二度の面接で、人間のすべてを見抜けるものではなかった。さすがに安寿も、人を見る目を養うには若すぎる。

給料は現金で支払われていた。山田老人はキッチンの戸棚から、紙袋に入ったままの札を取り出す。思っていたより多かったのだろう。これを失うのかと思った途端、再び、安寿の前に立って頭を下げてきた。

「すいませんでした。上の人に、直接謝るから、どうかここでの仕事を続けさせてください」

上の人なんていない。そう説明しても、分かってはくれないだろう。俺が駄目だと言ったら駄目なんだと、分からせるしかない。

ここで九馬のほうが限界を迎えたらしい。九馬も、こういった卑屈な人間が嫌いだ。それは九馬なりの美学なのだろう。だから誰にも頭を下げない安寿に惹《ひ》かれるのだ。

「いいかげんにしろっ。もう十分経った。出て行け、じいさん」

山田老人の首根っこを捕まえて、そのまま外に引きずり出す。

「残った荷物はすべて捨てる。この辺りを、二度とうろつくんじゃねぇ。見かけたらぶっとばすぞ」

荒々しく言うと、九馬は山田老人の日の前でドアを閉めてしまった。

安寿はほっとため息を漏らす。ヤクザ者らしく振る舞うのは、内心ちょっと恥ずかしい。何だかヤクザ映画のちんぴらみたいで、恰好《かっこう》悪く思えてしまう。

「そろそろ、ここも止《や》めどきかな。思ったより、儲《もう》けが少ないだろ。目立たないようにやるには、これが限界かな」

「安寿、普通の企業と比べてみろよ。工場も営業所もなしで、これだけ稼げるんだ。もっとも安寿にしてみれば、ゼロ一つ足りないのかもしれないが」

「そうだ、足りない。九馬、このままじゃ、ネオタワーはいつになるんだろ」

「だったらまともに起業しろ」

「起業したって、いきなりは稼げないし、目立ったことをすれば潰《つぶ》される」

だから死んだ金を、集めに行くのだ。そのほうがずっと効率はいい。

けれどネオタワーを手に入れたら、次は何をすればいいのだろう。日本を出て、世界相手に何かするのだろうか。

それとも金とは別のものに価値を見いだし、生き方そのものを変えていくべきなのか。

「これでしばらくは、動きが悪くなるな。とりあえず、俺と九馬で、じいさんの穴埋めはしておこう」

「いいのか？　教団に行くと、またしばらく帰れなくなるだろ。だったら俺がフォローしておくから」

「……そうか、九馬は俺が帰らなくなるから、嫉妬《しっと》してるんだ？」

山田老人が使っていたパソコンの電源を入れて、中を点検しながら安寿は笑った。

九馬はほとんど安寿の家にいる。自分の家に戻ることは、滅多になかった。毎日一緒にいるのに、相変わらず九馬は耐えている。いつまで耐えるつもりなのだろうと、時折安寿は考えるのだが、かといって許すことはしなかった。

「今日は、ジムに行くから」

「……俺が帰らないから？　嫉妬しそうな気持ちを封じ込めるために、肉体を虐《いじ》めるのか。九馬って、マジでマゾだな」

「何とでも言え。マゾじゃなかったら、とうに安寿から逃げてるさ」

九馬はキッチンに入り、冷蔵庫を開いてうっと呻いていた。冷蔵庫の中には、ほとんど酒しか入っていなかったからだ。

「しかし山田じいさん、マジで言われたことしかしてなかったんだな。他にネットを繋《つな》いだ形跡もなしだ」

酒に手を出さなければいいのだ。そうすれば普通に生きられると分かっていても、欲望に負けてしまう。こういった人間には、教祖の力が必要なのかもしれない。

けれど教祖は、実際に奇跡なんて起こさない。ただ説教を垂れて、来世の幸福を説くだけだ。あるのかないのか分からない来世で幸せになると言われて、納得してしまう人間の弱さを安寿はあざ笑う。

パソコンからすべての情報を消し去った。それが終わると安寿は椅子《いす》から立ち上がり、メモなどをすべて回収し終わった九馬に合図する。

「管理人に掃除を頼もう」

九馬はドアを開き、外の様子を観察する。山田老人がまだうろついているようなら、警戒しなければいけなかったからだ。幸い、山田老人は素直に運命を受け入れたのか、その姿はどこにもなかった。

安寿も続けて外に出る。すると隣の部屋のドアが開いて、痩《や》せ細った男が声を掛けてきた。

「すいません、あの監視カメラは、僕のためですか?」

蚊の鳴くような声で言われて、安寿は目を細める。

「カメラ?」

「向かいのマンションから、撮影されてますよね。外出許可を貰《もら》わないで、出掛けたらまずいんですか? すいません、一度、出掛けてしまいました。それで契約解除になりますか? それだと困るな。この仕事、とても助かってます」

一気に喋《しゃべ》ると、男はほうっとため息を吐く。

「カメラにどうして気付いたんだ?」

「……」

向かいのマンションといっても、かなりの距離がある。精度のいい望遠鏡でなければ、見つけられないだろう。

「別に覗きの趣味は、非難しないよ。何階のどの部屋だ? 俺はあんたを信頼してるから、監視カメラなんて使用してない。向こうも同じような趣味で、どっかを覗いているのかもしれないな」

「最上階の一番端です。こっちの駐車場と、玄関の部分にカメラが向いていたから、てっきり監視されているんだと思いました」

「出掛ける時は、先に連絡してくれればいい。だが、こっちの指示に応えられない回数が増えると……分かるな？」

「は、はい。大丈夫です。この仕事、好きですから、辞めたくないので」

頭を下げてそれだけ言うと、男はそのままそっとドアを閉めた。

「九馬……鬼ごっこ開始だ。急いで、逃げよう」

安寿はそこで走り出す。九馬も急いで走り出した。そしてダッシュで車に乗り込むと同時に、バックミラーに見覚えのあるジャガーの車体が映った。

「どういうことだ、安寿？」

「いいから、走らせろ」

安寿はそこで笑い出す。どんどん笑いは大きくなっていって、いつか膝《ひざ》を叩《たた》き、体を揺すって笑っていた。

「着眼点はいいな。借りたのか、買ったのか知らないが、俺のアパートの見えるところに部屋確保して、毎日、俺が来るのを待ちかまえてたんだろ」

るだろ」
「そうさ。あんなバカなことするのは、パパしかいない。ほらっ、必死になって追いかけてく
「吉村《よしむら》か？」

こんな所で、まさかカーチェイスになるとは思わなかった。安寿は笑い続けていたが、九馬は本気で車を走らせている。裏道を抜け、巧みにジャガーから遠ざかった。


「本当は追いかけられて、嬉《うれ》しいんだろ」

「簡単に諦められるよりは楽しいな」

「笑い事じゃない。マジでやばいだろ」

「パパも教団に入信すりゃあいい。現世の欲望から解脱《げだつ》出来るぞ」


笑っていたが、そのうち安寿は腹が立ってきた。こうしていつまでも吉村に振り回されているということは、それだけ相手を意識しているということだ。自分にとって大切な思考の時間が、そうやって横取りされるのはたまらない。


「安寿、ただ逃げ回ってばかりいないで、はっきりさせたらどうだ。それとも……まだパパに未練があるのか？」

「いや……そろそろ引導渡してやるべきだな。いい加減にウゼェ」

「本心かな。何だか、追いかけられているのを、楽しんでいるとしか思えなくなってきた」

「楽しいわけないだろ」

だが九馬の言うことも、少しは当たっているかもしれない。吉村がどこまで真剣に追いかけて来られるか、楽しんでいるような部分が安寿にもあった。

「安寿は愛されることしか知らない。愛することを知らないから……相手の苦しみが分からないんだ」

「お、お説教か？」

「誰かを愛するなんて、安寿のプライドが許せないんだろうが、少しは相手の気持ちってやつを理解しろ」

「九馬のことも考えて欲しいか？」

いつでも安寿は、九馬に対してひどく残酷だ。最後まで許さないのは、安寿がそこまでの愛情を抱いていないと九馬にも分からせるためだったが、それ以外のことを許す曖昧《あいまい》な関係が続いている。

愛されてもいないのに、こうして忠誠を示し続けることに、九馬は疲れただろうか。

この居心地のいい関係に、安寿は胡座《あぐら》をかいている。確かに相手の気持ちを考えたら、そろそろ何らかの意思表示をするべきなのだ。

他の誰とも特別な関係にはなっていない。

それが安寿なりの誠意の示し方だったが、それではやはり足りないものなのだろう。

「九馬が一番好きとでも言えばいいのかな」

つい口にしてみた言葉が、安寿の心に甘い痛みを与える。美しい夕焼けを見てしまった時にも似た、思わぬ心の動揺を感じていた。

「俺はいいんだ。あの時に告白してもしなくても、同じだったかなと今では思う。安寿が応えてくれるなんて思ったのは、俺が甘かったってことさ。苦しくてもまだ待てるのは、安寿が俺以外の誰かに、心を揺らすこともないからだ」

「そうだな。九馬以上に、俺のことを分かる人間はいない。それは認める」

「いたらどうする？　俺を捨てるのか？」

九馬はバックミラーを覗き込み、後方にジャガーが見えないことを確認していた。

「あんなふうに、安寿のことを追い回すようになったら惨めだ。俺だったら……いっそ安寿を殺す」

「……凄《すご》いな、九馬。それは究極の選択だぞ」

「人は……感情に支配されて、思ってもいない行動をするものさ。教養があろうと、社会的な地位があろうと、金があろうと関係ない。だから……怖いんだ。山田じいさんだって、どんな形で復讐してくるか分からない」

「それこそ言いがかりだ」

だが、その可能性はある。アパートに火を点《つ》けたり、管理人を襲うことだってあり得るのだ。

「人間は怖い。安寿はいつでも自信満々だが……その分、俺が不安になってる。考えてみろよ。

アパートの見える部屋を確保してまで、吉村は安寿に会いたがってる。そんなことするのは、心が壊れちまった証拠だ」

「心理学でも学べっていうのか」

「その必要がありそうだから……安寿が教団に近づくのが怖いんだ」

九馬には、安寿より優れたところがいくつかある。身体能力もその一つだが、もう一つは人間力だ。

期待されたスポーツマンというものは、精神修養も怠らないものだ。しかも九馬は、中学生の頃から、認知症となった祖父の面倒まで見ている。ボクシングの練習でくたくたになって帰っても、看護師の母が夜勤の時には、祖父の介護を引き受けていた。

父親も早くに亡くなり、歳の離れた弟妹が三人もいる。そんな環境で育ったから、こんなことを言っても説得力があるのだ。

安寿に近づいてきたのは、祖父が亡くなってからだった。自分のために使える時間を余計に手に入れたのだが、その途端に九馬がしたことは、ずっと秘めていた安寿への思いを遂げることだった。

今は安寿のおかげで、九馬も思わぬ金持ちになってしまった。だが九馬は、安寿から金を貰うことに抵抗感があり、決して自分から要求することはない。安寿が勝手に、九馬のポケットに札をねじ込んでいるのだ。

安寿としては、九馬が報酬を貰うのは当然だと思っている。九馬の協力がなければ、安寿だってこんなに安全に稼げはしないのだ。

苦しい家計を、父親の死亡保険金でなんとか繋いでいた九馬の母にしてみれば、息子がどんなバイトをして、こんなに金回りがいいのか気になるところだろう。

九馬にもどう説明しようもない。好きになった男が変な天才で、金に愛されているんだ。そのおかげで、自分も潤っているとでも説明するべきなのか。

「安寿に弱点があるとしたら、心理面を弄られることだろう。吉村にだって、最初は父親らしくされただけで、疑いもせずに懐《なつ》いたしな」

「九馬先生、どうした？　俺を分析して楽しんでるのかぁ？　そういうの、好きじゃないんだけど」

「俺に対してもそうだ。いきなり改造銃なんて見せて、もし俺がチクったら、どうなるかとか考えなかったのか？」

「九馬はチクらない……。最初から分かってた」

自分を盲愛してくれる相手には、勘が働く。けれど勘が外れることもあると、九馬なら言いそうだ。

「宗教家なんて、口ばかりだ。耳にいいことばかり言うからな。安寿は……褒め殺しに弱いから、気をつけないと」

「ああ、分かった。そこまで言われたら、俺もガツンとしたとこ見せないとな。九馬が思ってるような、ガラスのハートなんかじゃねぇよ」

「……一度、力抜くといい。寝てる時みたいにな」

安寿はそこでむっとする。

眠っている一番無防備な姿を、九馬にはいつも見られているのだ。

「寝顔は、相変わらず可愛いんだが」

「そんなこと言うなら、二度と九馬とは寝ないからな」

そうは言っても、九馬の腕の中で眠るのは好きだ。ぬいぐるみを抱いて眠る子供のように、安心して熟睡出来るからだった。

安寿は顔を背け、車窓から暮れていく街を眺めた。

夕陽を背景に、ネオタワーが輝いている。あの最上階から地上を眺めたら、もっと世界は違ったものに見えるのだろうか。

「俺の苦手な心理面、教祖に教えてもらうさ。そうしたら……いよいよパーフェクトだな」

祖父を大切にしていた九馬と違い、いかに継父を騙し、その所有物を奪うことが出来るかという、恐ろしいことばかり考えている子供だった。

きっと心理学者だったら、愛する母親を奪った男から、代わりに何か奪いたいと思う心理の結果だなどと、分かったように言うだろう。

けれど安寿は、憎むまではいかないが、自分が母親を愛していないことを知っている。彼女は母親というより共犯者だろう。これまでは安寿のほうが、男に狙いを定めた母のために協力してきたと言えるのだが。

「いいな。人心を繰るノウハウを学んで、ついでに百億くらい貰ってこよう」

九馬はふっと短くため息を吐く。安寿がこうと言い出したら、絶対に引き下がらないのを知っているゆえの、諦めのため息だった。

「それじゃ、俺は何をすればいい？」

訊《き》かれて安寿は、はっきりと九馬が聞きたくないことを口にした。

「今回は一人でやる。九馬の顔を知られたくないからな」

「一人で？　相手は宗教家かもしれないが、何百億も持ってたら、絶対にヤクザが絡んでるぞ。一人でどうやってその身を守るんだ？」

「いきなり金庫の番号教えてもらって、せっせと金が盗めると思ってるのか？　中まで入るのに、二、三年は覚悟しておかなきゃ」

「入信するのか？」

九馬にしては珍しく、横断歩道の手前で自転車にぶつかりそうになって、慌てて急ブレーキを踏んでいる。

「ああ……三年で……教祖を逆に、安寿教の信者にさせてやる」

「モデルガンを改造するようにはいかないぞ」

「同じさ。人間を改造してやる。何が欲望を捨てろだ。自分の欲望は、金って形で隠しているのに。やつを、本物の教祖様にしてやる。出家した仏陀《ブッダ》のようにな。その身一つで、悟りの境地に達するようにしてやるさ」

話しているうちに、安寿は興奮してきた。

そうだ、それは何て面白い試みだろう。教祖なんて言われていても、中身は自分と同じ人間だ。どこまで落とせるものなのか、興味が湧《わ》いてくる。

「九馬、いいヒントをありがとう。これでまたしばらくは楽しめる」

「……」

浮かれている安寿に比べて、九馬は急に静かになってしまった。九馬がこうして押し黙る時は、決まって何か考えている時なのだ。

だが何を考えているのか、安寿には分からない。教祖の心理が読めるようになっても、九馬の考えていることは分からないだろうか。

分からないからこそ興味が尽きなくて、いつまでも一緒にいられるのかもしれない。忠誠心だけは疑いようもなく絶対で、それだけは安寿も不安に思ったことはなかった。

教団に行くつもりだったが、珍しく母から誘いがかかってしまった。余計な愛情がないから、安寿はいつでもいい息子になれる。

母は外で食事しようと言ってきたが、安寿は断った。母は時折、平気で安寿を裏切る。行った先に、吉村が同席なんかしていたら敵《かな》わない。

今や実家と呼ぶべき家は、芝公園《しばこうえん》の近くにある。継父もまた安寿と同じで、高いものを日々眺めて暮らしたいらしい。真冬の晴天の時には富士山が見え、いつもは東京《とうきよう》タワーが見える四階建ての家だった。

「何よ、母親と食事するの嫌がるなんて、ずいぶんと偉くなったものね」

顔を見た途端に、母は文句を言ってきた。

「罠《わな》かと思ったんだよ」

三十畳はある広いリビングだが、やはりセンスの悪さはどうしようもない。継父の趣味なのか、鎧兜《よろいかぶと》が飾られているのだ。それでも初めて来た頃よりは、ましになっている。母のセンスだろう。和風なら和風で、古伊万里《こいまり》の皿など集め、徹底していい物だけを上手く配置して飾っていた。

「罠って、どういうこと？」

「パパだよ。まだしつこく追いかけられてるんだけど」

「どうりでね。あなた、小野寺《おのでら》にも遺産は安寿にって、遺言書かせたでしょ。パパもそれ聞いて、同じように書いたらしいわよ」

母はこの家では、優雅に着物など着ている。足捌《さば》きも見事なもので、この家に慣れた様子が感じられた。

だいたい母の我慢は、六年が限度らしい。それを過ぎると、次の男の物色が始まる。吉村の時は早々に限度に達したようだが、それでも何とか六年は我慢していた。

「どういうテクニック？　ぜひ教えて欲しいところね」

母は優雅に、安寿にお茶を勧める。昔は紅茶など用意してくれたのに、今はこの家に合わせてなのか日本茶だった。

「小野寺先生には、家政婦を紹介しただけだよ。今時、どこにもいないような割烹着《かっぽうぎ》の似合うおばちゃん。ちっとも美人じゃないんだけどさ、肌がもちもちしててね、いかにも日本の母って感じの女さ」

「……やるわね」

そこで母は嫉妬するでもなく、共犯者の笑いというやつを見せてくれた。

これだから母を憎めない。こんな顔をしている時は、自分達親子がそっくりだというのは、安寿にも分かっていた。

「先生、喜んじゃってね。おばちゃんに夢中さ。おかあちゃんって呼んで、甘えっぱなしらしいよ」

「最初から、そういうタイプを探せばよかったんじゃないの」

「一応、有名整形外科医だからさ、世間に対する見栄もあったんじゃないの。ママくらいの美人を奥様にしておかないとさ。あんたの腕、どうなってんのって思われるだろ」

赤ちゃんプレイの好きな継父は、おばちゃんを愛人にはするが、妻にはしないだろう。整形外科医としては、いくらでも彼女を美人にしてやれるが、美人になってしまっては、理想の女ではなくなってしまう。

安寿はここでまた一つ学ばせてもらった。すべての人間に、自分達親子のような美貌《びぼう》が魅力的ではないのだと。

「ママとあっさり別れたのも、プレイをしていて物足りなくなったからだろうな。綺麗すぎても駄目なんだよ。むっちりと小太りで、先生の母親に似てるんだ。あれが先生の、一番の理想の女なのさ」

人の心理は分からないと九馬は言うが、金を奪うためならいくらでも知恵が働く。安寿は継父に最高のプレゼントを贈った見返りに、その死後、かなりの遺産を受け取ることになっていた。

「それよりパパが、何を書いたって?」

「死んだら、あなたに何もかも譲るって。だから、会いたいそうよ」

「ほらっ、罠だ。その話で呼び出したんなら帰る」

財産を譲るから、息子として一緒に暮らしてくれなんて言い出すに決まっている。いつまで執着しているんだと思ったら、母がさりげなく一枚の写真を取り出した。

「何？」

「他の知り合いから、回ってきたの。どうやら私と別れたことで、こうなったと思われてるみたい。誤解されてもいいけど、原因が安寿だと思うと少し癪《しゃく》ね」

そこには知らない男が写っている。と、思ったら、すっかり痩せてしまった吉村だった。

「すげぇ、爺《じじい》になってるな。どうしたんだ？」

「分からないの？　嫉妬で頭がどうにかなってるのよ。男の子と同棲してるでしょ。女の子だったら、まさかこんなにはならなかったわよね」

そこで母は、嘘を吐いていないか確かめるように、じっと安寿を見つめた。

「そういう関係？」

「毎日一緒に寝て、時々はあれもやってる」

納得したのか、母はくっくっと声を出して笑った。

「よかったわ。女たらしになるより、ずっとましね。しかも一人の子とずっと続いているなんて、私からみたら奇跡よ。安寿は、どうしようもない色事師になるかと思ってたもの」

「ママが反面教師だから……。俺は下半身で勝負しないの」

そんな言い方をしたら、母が怒るかと思った。けれど母は自分のことをよく知っているからか、その程度のことで怒りはしなかった。

「私ももう引退よ。旦那様が後何年元気か知らないけど、大人しくしてるわ」

それはそうだろう。大人しくしていれば、これまで結婚していた男達から貰えただろうものよりも、はるかに大きな遺産が相続出来る。

そこで家政婦が、お食事の用意が調《ととの》いましたと告げてきた。母は安寿を、そのまま奥の離れへと連れて行く。そこには高級割烹から取り寄せた箱膳が、綺麗に並べられていた。

「厚遇だな……ってことは、何？　旦那様が浮気でもしてるの？　相手の女を、どうにかしろってことかな」

「そうじゃないの」

冷酒をグラスに注ぎながら、母は声を潜める。そして安寿の目を見て、早口で切り出した。

「息子よ。役立たずの長男。私を狙ってるの」

「ああ……そんなことか。だったら二股にしたら」

「嫌よ。私は頭の悪い男は嫌いだもの」

「あっ、そう。良かったね。息子が理想の男で」

まさか迫ってくる長男を、殺してくれとでも言い出すのだろうか。この母だったら、平気で

そんなことも考えそうだ。

「現場を押さえて、旦那様に教えたいわ。そうすれば……安寿……あなたの株が上がるわよ。旦那様の子供は一人しかいないんだから」

「俺の取り分が増えるってこと？　ああ、旨《うま》そうだ。いただきます」

継父の資産が、いくらあるのか分からない。今は会社の実権を握っているのは、役立たずの長男だから、安寿には調べようもなかった。

「これ『川上』？『はま万』とは違うよね」

思わず割烹の名を出すと、母は苦笑する。

「『川上』よ。鴨がおいしいから」

そこで安寿はぷっと噴き出す。カモにするという言葉は、犯罪者の隠語だ。まさかそれと掛けたつもりはないだろうが、あまりにもタイミングがよすぎた。

「バカ兄をカモにするつもり？」

「息子もバカなら、嫁もバカよ。あいつらに、ほとんど持って行かれるのは嫌なの。だけどあのバカ、私のほうから誘惑したって、きっと言い出すに決まってるし」

「家中にカメラセットして、現場を録画すればいい」

「そんなことしたら、旦那様におかしく思われるわ」

安寿は鴨肉のローストを口にしながら、その脇に添えられた白味噌和《あ》えのネギを見る。

長男はネギをしょってきてくれたのはいいが、料理の現場を継父に見せないことには、遺産配分が変わることはないらしい。

「それじゃ、台本を用意しようか。で、やられちまうのもあり？　絶対にそれはなし。どっちがいいの？」

「……私は、誰とでも寝る女じゃないわ」

そう答える母の顔から表情が消えた。どうやら人は、本当に怒ると表情を失うらしい。

誰とでも寝ていたように安寿には思えたが、やはり母なりの拘《こだわ》りはあったのだろうか。厳選してあの数なら、いかに母がもてたかということだろう。

「分かった……それで、ママ、旦那様を愛してる？」

何でそんな愚かな質問をしたのだろう。安寿は母も自分と同じで、決して誰も愛せないと思ってきたのだ。それなのにからかうようにわざと言ったら、聞こえてきたのは想定外の言葉だった。

「ええ……愛してるわ」

「マジで？」

「そうよ、愛してるの」

親子ほど年が離れている、いつ倒れてもおかしくない老人を愛しているというのか。まさか父親の代わりが欲しかったのだろうか。それでは赤ちゃんプレイをしたがる継父のことを、笑えないではないか。

安寿にとって、この告白は思っていた以上にショックだった。

「愛しているから、あんなふうに誘われるのが嫌なのよ。旦那様とのセックスが、充実してないだろうと思ってるから、私が簡単に落ちると確信してるんでしょ」

「まぁ、誰でも思うさ。ママは、まだ現役で十分通用するし……はっきり言って、セックスが好きそうに見えるものな」

「そんなものどうでもいいのよ」

「えっ？」

「側においていただけるだけで嬉しいの。旦那様は、それくらい大切な人なのに」

長い睫《まつげ》を伏せて、母は心底悲しげな様子を見せた。

自分の息子にまで、この女は演技してみせるのかと、安寿は眉を寄せる。安寿を味方に引き入れるためなら、平然とこんな演技もしてみせるのが母なのだ。

だがもし本気だったらと、安寿でも考えてしまうことがある。

今は、どっちだろう。どっちとも測りかねる。

「信じられないって顔ね。安寿にもいつか分かる時が来るわ。いつになるのかは、分からないけれど」

「分かった。作戦を練るから……協力するよ」

「ありがとう。さすが、安寿ね」

にこっと笑うと、母は安寿のグラスに冷酒を注ぎ足す。

もし本気で愛しているというなら、愛とはどういうものか、ぜひ訊いてみたいと思ってしまったが、さすがにそれは言えなかった。

裏切られたような気がする。母は決して愛など知ってはいけない。愛を笑い飛ばし、男を手玉にとって生きていって欲しいと思った。

それともあれは、安寿をその気にさせるための陽動作戦で出た言葉だったのだろうか。

何か釈然としない気持ちのまま、安寿は九馬がいるボクシングジムに向かった。気持ちが落ち込んでいる時には、九馬の側にいたくなる。慰めて欲しいなどと思ったことはないが、側にいるだけで落ち着けるのだ。

九馬はジムで練習はしているが、プロにもならず、アマチュアの試合にも出ない。ジムの関係者は、公式の試合に出るよう薦めるが、九馬は学業が第一だと言って断っていた。

老舗《しにせ》のジムだけに、壁には有名選手の試合ポスターが多数貼られている。それを見ながら、安寿は中に入っていく。許可さえ取れば見学は自由だ。

たかが殴り合いと侮《あなど》ってはいけない。チャンピオンともなれば、生涯地味に働いて稼ぎ出す金額を、一瞬で手に入れることが出来るのだ。

それを蹴っている九馬が、普通の若者だったらジムの関係者も納得しないだろう。だが九馬が東大に通い、いずれは官僚か検察官になりたいなんて言えば、彼らもそれ以上は薦められないのだ。

残念なことに、このジムには九馬の相手になるような選手はいなかった。百八十五センチを超える高身長で、ボクシングをやる人間は日本では少ないのだ。外国に行けば、ちょうどいいスパーリングパートナーがいるだろう。けれど九馬には、そこまでしてボクシングを極める気持ちがもうなかった。

それでも今夜は、わりと背の高いプロボクサーの相手をしている。どうやらその選手は試合が近いらしく、実戦に近いスパーリングが必要なようだ。

気の毒なことに、アマチュアの九馬のほうが明らかに強かった。むしろ九馬のほうが、相手にヒットしないように苦労している。選手も自分が劣っていることは、嫌というほど分かってはいるのだろう。しまいには自棄《やけ》になって、トレーナーに怒られていた。

戦っている九馬を見るのは好きだ。安寿を守るために、強くいようとする九馬が好きなのかもしれない。

「よく見に来てるけど、君はボクシングやらないのか？」

元はボクサーだったのだろうか。がっしりとした体をした、凄みのある男が声を掛けてくる。

「あっ、九馬君の友達なんで、見学しているだけです」

「東大生？」

「はい」

安寿はわざと弱々しげな顔をして、怯《おび》えたようなふりをした。

吉村が見張っているだろうから、もうマーシャルアーツの道場には通っていない。代わりに護身術と合気道の個人レッスンを、九馬と二人で受けていた。

実戦で役に立たないようなものには用がない。必要なのは、自分で自分の身が守れるテクニックだけだ。

本当の戦いでは勝敗なんて意味がない。負けるということは、すなわち死ぬということなのだから。

「ボクシング、やってみないか？　君、いい体してるよ」

男の手が、すっと安寿の背中から尻までを撫《な》でる。思わず手が出て、男の体を投げ飛ばしそうだった。安寿はその誘惑に耐え、怯える兎《うさぎ》のように身を引いた。

するとスパーリングをしていた九馬の動きが止まった。

「すいません、会長。そいつ、体が弱くてスポーツ駄目なんです」

相手をしていた選手は、明らかに不機嫌そうな顔になる。実力で勝てないだけでなく、軽く無視された形になってしまったのだ。それは気に入らないだろう。

「おいっ、ホモ野郎。カノジョにいいとこ見せたいのか？」

暴言に対して、九馬は取り合わない。それよりも安寿に対して、会長が示す必要以上の親しさのほうが気になるようだ。

「そうか？　そうは見えないけどな。試しにやってみたら？　ボクシングは健康にもいいよ」

「いえ、無理です。それに顔殴られるでしょ。僕、そういうの苦手で」

いかにも弱々しいゲイの男のように、安寿は答えた。

「その顔だけでスターになれるよ。試合なんてのは、いくらでも裏で手を回して勝たせられるんだから。いい小遣い稼ぎになるよ」

猫なで声で言われて、安寿はかなりむかついたが、九馬のためにじっと大人しくしていた。九馬が苛々《いらいら》しているのが分かる。いつもは冷静な男なのに、ボクシングとなると熱さを取り戻す。体が悲鳴を上げるまで、様々な練習メニューをこなし、有り余るエネルギーを消費しているのだ。

なのに今日はスパーリングの相手をさせられて、多少消化不良気味なのだろう。それなのに安寿が声を掛けられて、余計に苛ついているのだ。

「ホモ野郎。相手を間違えてないか？　さっさとおれの相手しろやっ」

選手の乱暴な言葉に、九馬はちっと舌打ちすると、くるっと体の向きを変えてリングに戻った。そしてファイティングポーズを構えるとすぐに、相手選手に強烈なパンチを入れ、あっという間にノックアウトしてしまった。

「実力あるのになぁ、何でプロ試験受けねぇんだか。君からも、九馬に言ってやってくれよ。そりゃあ、公務員だかになりたいってのは分かるけど、若いうちは夢を見ないとな」

九馬は倒れた相手を見下ろし、肩をすくめるとそのままリングを下りてしまった。そして無言で会長と呼んだ男に頭を下げると、安寿の手を引いて更衣室に向かった。

「いいのか、九馬？」

「……」

九馬はシャワーも浴びず、ヘッドギアを外して汗で汚れた体の上に直接ウェアを着始める。

「戻って、謝ったほうがよくね？　何か、このままじゃ険悪だぞ」

「いい……」

それ以上、何も言わずに九馬はロッカーの中身をすべてスポーツバッグに詰め込み、安寿の顔も見ずにまた手を引いて歩き出す。

「おい、九馬らしくないぞ。大人げないってのは、そういうのを言うんだと思うけどな。何をそんなに苛ついてんだ。会長はただ練習生が欲しいだけだよ。どんなに見込みなくても、レッスンに通う間は授業料を払い続けるんだから」

「帰ろう……」

安寿の手を引いて出て行く九馬を、止める者はいなかった。可愛そうに九馬は、ボクシングを愛しているのに、このジムの人達からは愛されていないらしい。

無理もなかった。彼らにとっては、プロになって試合で勝利し、チャンピオンになることがすべてなのだ。なのにそんなものに全く関心を示さない九馬が、実力だけは誰にも負けないとなると気に入らないのも当然だ。

ジムの近くの有料駐車場に駐めた車に乗り込むと、九馬は言い訳のように呟く。

「あそこは選手が弱すぎる……もう限界だ」

「ふーん、そうなんだ。だったら、いっそプロになって、もっと強い相手を探せばいいんじゃないの？　何で、そうしないんだ？　俺のせいだって言うんなら、そりゃ言いがかりだ。俺は九馬のすることに、口を挟んだことはないぞ」

九馬は乱暴に車をスタートさせると、もう何も話さなかった。そうなると安寿のほうが苛ついてきて、つい暴言を吐いてしまう。

「九馬が俺に勝てるのは、ボクシングだけだもんな。チャンピオンになって、自分がどれだけ凄いか見せつけたいんだろうが、それを我慢してるからむかつくんだろ？」

「……」

「誰だって一番が好きさ……。一番になれるものがあるのに、我慢している意味がないよな」

もし安寿と出会わなかったら、九馬はボクシングのチャンピオンを目指していただろう。金のことは決して口にしないが、家族は決して豊かな暮らしをしているわけではない。九馬の性格からしたら、家族を助けたいと思う。そのためにファイトマネーは魅力的な筈だ。

それだけではない。高校時代、何度も試合で優勝している。勝つことを知っているスポーツマンにとって、勝てないことは苛立ちに繋がるのだ。

安寿のために、九馬はボクシングを捨てた。唯一、一番になれるものを捨てたのだ。

「今なら、まだ間に合う。大学院に行けば、後、三年近く学生だ。その間にチャンピオンになればいいじゃないか」

「……」

「俺といたって、手に入るのは金だけさ。それと少しのスリル……セックスとも呼べないセックスごっこ。もう俺とは、まともな恋愛ごっこなんて出来ないのは分かっただろ？」

安寿には自分のしていることが、恋愛なのかどうか全く分からない。こんなに簡単に突き放せるのに、九馬と恋愛関係だなんて言えないだろう。

この話に九馬が乗って、本格的にプロを目指してしまったら、安寿との関係も終わりになる。それが分かっていて、あえて安寿はこんな言い方をしてしまう。

俺よりボクシングが好きならそれでいい。一番になって、自分の居場所を探せばいいじゃないかと思ってしまう。

「もう俺には、用がないってことか？　教団に入って活動するのに、俺がいたら邪魔だってことだな」

九馬がいじけている。そういう言い方をされると、安寿はなぜかほっとする。

そうか、それじゃ俺は今からジムに戻って、プロになるためにやつらに頭を下げてくるよと言われたら、自分がそう誘っておきながら、きっと傷つく筈だ。

「教団は関係ない。俺は九馬のためにいい方法を考えてるだけだ。このままじゃフラストレーションがたまってくばかりだろ？」

　そうさせているのは安寿なのに、思いやりのない言い方だった。

「関係はあるさ。安寿は……教団の中に深く入りこむために、自分の体も使う気なんだ。何億奪うつもりか知らないが、そんな金額だったら、自分の体を差し出すくらいどうってことはないと思ってる」

　想定外の反逆だった。安寿は言葉を失い、自宅近くの駐車場に車を入れる九馬の様子をじっと見つめていた。

「側に、安寿の男って顔をした俺がいたら、邪魔なんだろ？　愛に飢えた、弱々しい子供のふりをするのに、こんなボディガードがいたらな、まずいよな」

「俺が、体を使って教祖を誘惑するとでも思ってるのか？」

「ああ……安寿にとってセックスは、単なるアイテムに過ぎない。俺に対するご褒美はあそこまで、吉村には焦らせるだけ焦らせておく。そうやって使い分けるのが、安寿の手だ」

　それでは母のしていることと変わらない。さすがに安寿も、この意見には本気で腹が立った。

「九馬は俺のこと、そんなふうに見てるのか？」

「もうガキじゃない。だけど大人でもない。このあやふやな若さを売れるのは、今だけだとか思ってんだろ」

　車は駐車場に収まってしまった。この続きは部屋でやることになりそうだ。安寿は苛つき、勢いよく車のドアを閉める。すると九馬は静かな怒りを発した。

「車に罪はないんだから、壊さないでくれ」

「知るかっ」

そのまま大股で家へと戻る。

路地に面した、古びた工場付き住宅だ。新築のマンションが買える金を持ちながら、安寿はここに固執する。改造銃から小型の特殊ナイフまで、自分で作れる秘密の工作室だからだ。しかも安寿はこの家の床下に、特製金庫を隠している。ミサイルでも撃ち込まれない限りは、決して壊れない頑強なものだ。

家主には、いずれ大学を卒業して働くようになったら買い取るから、それまでは売らないでくれと頼んでいる。そして最初に決めた家賃の倍額を支払っていた。

倍といっても、安寿にとっては微々たる金額だ。けれど家主には、バイトしてやっと手にした金のように思わせていた。

相手に対して態度を変えるのは、安寿にとっては当たり前のことだ。いつだって安寿は、弱々しい若者に変身出来る。

けれど九馬の言うように、セックスをアイテムとして使い分けていると言われると、それは違うと反論したくなってしまう。

遅れて入ってきた九馬は、しばらく下の作業場に佇《たたず》んでいた。そして周囲を見回し、感慨深げに突然切り出した。

「安寿を追いかけてきたのは俺だ。そのことを後悔はしてない。だが、安寿が自分を安売りするようなら、これまで必死で守ってきた意味がなくなる」

「しつこいぞ、九馬。俺が、誰に自分を安売りするっていうんだ。そういうのを見損なうって言うんだよ、九馬。俺はママとは違う。体しか売り物のないママとは違うんだ」

「そうかな？　金のためには見境がないのは、ママよりひどいんじゃね」

「九馬、俺と喧嘩《けんか》したいのか？」

「いや……」

九馬は視線をずらす。その瞬間、安寿は思ってもいなかった展開になったことを悟った。

「そうか……別れたいんだ」

なぜ、こんなややこしいことになったのだろう。原因は安寿が九馬に、ボクシングをやったらと言ったことだろうか。あんなことでここまで機嫌を損ねるというのは、安寿には考えられない。

「高校の時みたいに、安寿に手を出すやつがいたら、殴れば済むってわけにはもういかない。それに安寿は、俺なんかに守られたくはないんだろ？」

守ってもらう必要なんてない。そう言い切れればいいのだろうが、やはり九馬がいるといないとでは大違いだった。

九馬のサポートがなければ、駒を管理することだって出来なかっただろう。ぬいぐるみのキュマだけを話し相手にしていたら、精神がまともでいられたかも分からない。

「汗臭いぞ、九馬。シャワー浴びろ」

突然、安寿はぐらかす。そうしておいて、何がいけなかったのか考え直そうと思っていた。こういったところが、人間力の弱さなのだろう。九馬がここまで怒るなんて、考えてもいなかった。けれどここに至るまで、きっと複雑な思いの積み重ねがあったのだ。それが些細《ささい》なきっかけで爆発してしまったのだろう。

二階の自分の部屋に入ると、安寿は三つある携帯を確認する。その一つに、教団関係者からのメールがあった。

『今日いらっしゃると思っていたので、幹部の方と会食出来るように手配していたのですが、急用とのことで残念です。次回は、いつお見えになりますか？』

可愛らしい絵文字がところどころ入っているのは、安寿の勧誘担当の若い女性、森住《もりずみ》だったからだ。男性と女性、ペアで入信の勧誘担当をするようだが、若い男性には女性がメールなど担当するらしい。

九馬がこれを知ったら、安寿は女も相手にするのかとふて腐れそうだ。考えなければいけないのは九馬のことなのに、安寿の悪い癖だ。身近な人間のことになると、面倒で考えたくなくなってしまう。

それより教団の問題点を拾って、あれこれ詮索《せんさく》するのが楽しくなってしまった。欲望を排斥《はいせき》するのが教義なのに、なぜ男性に欲望を呼び起こさせる、若くて可愛い女性を勧誘に使うのだろう。それがまず変だと考え出したら、気になってしようがない。安寿は教団のパンフレットを取り寄せ、教義に目を走らせる。

「欲望があるから、人は生きるのが苦しいのです。あなたの家は物が溢《あふ》れていませんか？　そんなに物があるのに、なぜ新しい物を買うのでしょう……」

安寿は声に出し、大げさな身振りで教義を読み上げる。

「欲望を遠ざける宗教なのに、何で俺がそこで体を差し出すとか思うんだ？　それは教義違反だろ」

そこで安寿は、さらにパンフレットを読み進めた。

「本来、性欲とは子孫を残すためにあるものでした。ですから、結婚して子を授かる意志のない者にとって、性欲とは無用なものなのです……。凄いな、そこまで言い切るか」

声に出して読むと、余計に教義の面白さを感じてしまう。だが勧誘担当の人間は、これを真面目に説くのだ。

安寿は自ら教団の勧誘に乗った。街に出れば、様々な勧誘がある。ちょっと足を止めれば、そこで即座にいいカモになる。

森住は勧誘担当なだけのことはある。はっとするほどの美人で、焦点の定まっていない目が実に危なげだった。

人目を惹く安寿に声を掛けてきたのは、たまたま一人で歩いていたからだろう。そして安寿が興味を示した途端に、森住ともう一人の勧誘員の高橋《たかはし》は、内心驚いたに違いない。

カフェに連れて行かれ、熱心に彼らの話を聞いた。そして安寿自身の悩み、将来の不安なんてものを口にしてみた。すると彼らは、教団の本部にぜひ一度いらしてくださいと薦めた。

別れ際に森住は、安寿の手をしっかり両手で包み込み、潤んだ瞳を向けて、『絶対にいらしてくださいね』と甘い声で囁《ささや》く。

「寂しい独身男だったら、ついふらっとなるな……」

同行していた高橋も背が高く、韓流スターに似たかなりのイケメンだった。

「勧誘するのにも、欲望まみれじゃないか。なのに、こんなこと書いている。美醜への拘りは、すなわち欲望です。健康な肉体があれば、それだけで人は価値があるのです。少しでも美しく見せるために、あなたはどれだけの金額を使っていますか？　言ってることは正論ではあるが」

背後に気配がして、安寿は振り向く。すると裸の九馬が立っていた。

「正論だけど笑えるよな」

同意を求めるつもりでパンフレットをひらひらさせていたら、近づいてきた九馬にいきなり抱きかかえられ、ベッドに押し倒された。そして九馬の手は、乱暴に安寿のシャツを引き裂き始めた。

「おおっと、九馬。レイプはセックスじゃない、暴力だ」

そういって牽制《けんせい》しようとしたが無理だった。九馬はもの凄い力で、安寿をベッドに押しつけている。

「暴力は嫌いだ」

安寿が不快そうに顔を歪めても、九馬は手を緩めてくれる様子はない。あろうことか、ついには安寿の首を、九馬の手はしっかり押さえていた。

「自分の身は、自分で守れるんだろ。だったら改造銃でも、自作のナイフでも持ってきて、俺をやっつけたらどうだ？」

「何、マジで切れてるんだ？」

「いっそこのまま、殺しちまいたい」

首に当てられた手の力が増す。これはかなり本気だと思った瞬間、安寿は抗《あらが》うことなく全身の力を抜いてしまった。

「いいよな……それも。だけど、警察に行く前に、九馬、家族にちゃんと自分の取り分、金庫にある半分のキャッシュは届けておけよ」

「そんなことはどうでもいい。どうしてそうやってはぐらかすんだ。俺への気持ちを認めるのが嫌なのか、俺のことが嫌なのか、はっきりさせたらどうだっ」

「俺には……いつだってリアルは金だけなんだ。愛情なんて見えないものは、どう評価していいのか分からない。九馬の家族の心配をしてやってるのは、俺なりの誠意のつもりさ」

受け取った報酬のほとんどを、家族のためにそれとなく九馬が使っているのを知っている。

九馬がいなくなったら、またあの家族は苦しい生活に戻るのだ。

そんなことどうでもいいことだけれど、心配してやれるのが安寿なりの優しさだった。

「死ぬ時は、九馬に殺されるってのはベストだ。それは認める。今でもいいし、この先でもいい。俺が人間として駄目になったら、九馬、俺を殺してくれ」

「どうして……そういうことを平然と言えるんだ」

死ぬのかもしれない。

だからどうなのだ。

死んで失うものは何だ。隠してある何億という金、それだけだ。他に失うものといったら、九馬の愛くらいなものだろう。

「俺には、愛なんてものはよく分からないけど、もしかしたら今の九馬の気持ちは、究極の愛ってやつなんだろ？　俺を殺したいほど、愛してるんだから。そうか……俺は、金を隠してるやつらと同じだな。本当の価値が分かってないから、愛を貰っても、上手く運用出来ないんだ」

九馬を落ち着かせるためにも、話し続ける必要がある。そう思っていたが、いつしか自分の口にした言葉が、すべて真実に思えてきた。

集めるだけ集めても、それを還元することはない。そう思うと、自分が九馬や吉村にしていることが、酷い仕打ちに思えてきた。愛を受け取るだけ受け取って、一切還元しない。

教祖がしていることを、安寿もやっている。そう思うと、自分が九馬や吉村にしていること
「なぁ、九馬。どうせ殺すなら、俺をやり殺したら？　そういうのってあるのかどうか知らないけど、あってもいいよな」

喉《のど》が苦しくなってきた。すると不思議な恍惚《こうこつ》感が安寿を包んだ。まるで空中に放り出されたような浮遊感があって、自分の肉体から魂が離れていく、幽体離脱を経験しているかのようだ。

「ん……ん……」

辺りに白い光が満ちている。これが死ぬということなのかと思ったら、ふっと肉体の感触が戻ってきた。どうやら九馬が、手を離してしまったらしい。

「九馬……躊躇《ためら》うな。殺してもいいよ……今、凄く気持ちよかったんだ。何か、凄く、気持ちよくって……」

「……やり殺してやるよ……」

「あっ、あぁ……」

九馬の手が再び喉にかかる。息苦しくなると同時に、再び恍惚感が襲ってきた。それからほどなくして、安寿はその部分に痛みと異物感を覚えた。

「うっ……うーん……」

抵抗する気は全くない。頭の中は真っ白になり、自分が何をされているのかぼんやりとしか分からなくなっていた。

そしてじんわりとした快感が襲ってきた。それはこれまで経験したことのないもので、安寿は真っ白な真綿に包まれたまま、その部分でだけ引き攣《つ》れるような痛みと、奥底から生まれる射精感を味わっていた。

「うっ！」

手が離れた途端に、安寿はむせて咳き込む。すると現実が戻ってきた。

九馬が安寿の上にいる。そしてその部分には、九馬の性器が潜り込んでいて、激しく動いていた。

「あっ……ああ……」

いつもしている穏やかな交歓のほうが、ずっと皆が言うセックスらしいと安寿は感じる。さっきのあれは何だったのだろう。柔道の絞め技によって、落ちると言われる気を失う瞬間に似ているかもしれない。

「なぁ、もっと、絞めて……あっ、ああ、絞めてくれよ」

「嫌だ。安寿を、マジで殺す気なんてないっ」

「あ……んっ……頭、真っ白になって、気持ちいいんだ」

ドラッグを試してみたこともあるけれど、安寿にとってそれは何の喜びも与えてはくれなかった。それよりも自分の脳内で様々なことを考えているほうが、ずっと興奮出来る。

セックスだってそうだ。九馬に優しく愛され奉仕されても、いく瞬間しか快感を覚えない。なのに首を押さえられただけで、違った世界が見えてしまった。何も考えられなくなるほどの恍惚感に浸ったことなど、これまで一度もなかったのだ。

「九馬……」

「じっとしてろっ」

安寿の両足を抱え、九馬は必死になって腰を動かしている。そうか、足を持たないといけないから、手が自由に使えないのかと思った安寿は、足を絡めていって自ら九馬の体にしっかりと抱き付いた。

「なぁ、九馬、お願いだ……」

「んっ……んんっ……」

自身も快感に追われているのに、九馬は律儀にも安寿の要求に応えた。再び大きな手が、安寿の喉元を締め上げる。

「うっ、ううっ」

息が苦しい。けれど九馬は、ほどよく手を緩めているので、完全に呼吸が止まるということはなかった。だがかなり酸欠状態なのだろう。それが刺激となっているのか、安寿の体はどんどん興奮していった。

「あ、ああ、いい、いいんだ、何だ、これ……いっちまうよ、九馬。ああ……」

白い闇が広がっていた。そこに安寿は、盛大に白い飛沫《しぶき》を飛び散らせている。快感はいつまでも続き、安寿の体はびくびくと細かく震えた。

『ねぇ、いつもいろんなこと考えすぎるからいけないんだよ』

突然、幼い頃の安寿が、キュマを抱えた姿で白い闇の中に浮かんでいた。

『ロンリテキシコウとか、ケイサンノウリョクとか、キオクカイロとか、みんな、なくなればいいんだよ』

「はっ、はぁっ、はっ、ああっ」

いきなり空気が大量に流れ込んできて、幼い自分の姿も吹き飛んだ。

九馬も自由になったのだろうか。慌てて安寿の体を抱き起こし、背中をさすって呼吸を助けている。

「はぁーっ、はっ、ああ」

快感の印が、九馬の体を汚していた。九馬は安寿が落ち着くと、まるで子供をあやすかのように、しっかりと腕に抱きしめて体を揺すり始める。

「安寿、ああ、安寿……大丈夫か、おまえ、マジでどうにかなっちまったかと思った」

「どうにかなったのさ。最高だったよ、九馬……」

そこで初めて安寿は、自分が引き裂かれたシャツだけをまとった姿だったことに気がついた。これは明らかに九馬の反乱であり、安寿は不本意なレイプをされたのだ。その筈なのに、安寿は全身を弛緩《しかん》させて、快感の余韻に浸っている。

「九馬、ごめんな。俺は酷いこと言った。九馬を遠ざけたくて言ったんじゃない。俺のために、夢を犠牲になんてするなって、言いたかっただけさ」

するっと素直な本音が出てくる。けれどどんなに計算された言葉よりも、この何気ない言葉が九馬を感動させていた。

「俺も悪かった。つい、かっとなっちまった。……俺も吉村みたいに、いいように振り回されて、安寿から笑われるのかと思ったら、どうにも自分を抑えられなくて……」

「いいよ、そんなふうに思わせた俺が悪い」

「マジでどうかした？　そんな素直な安寿なんて、変だ」

「素直ないい子でいられるのも、九馬に対してだけさ」

九馬に抱き付き、その耳たぶを噛《か》みながら、安寿は甘く囁く。けれどその脳内では、様々なことがフラッシュバックして渦巻いていた。

まずは母に迫っている兄の実態を晒《さら》し、その地位から追い落とさないといけない。上手くすれば、安寿があの会社の後継者として指名されるかもしれないのだ。

人々のささやかな欲望を集めて、巨大になった娯楽産業だ。遊んでいる金を生かしたい安寿にとって、集まってくる金の出所がどこだろうと関係はない。

また違う高みを目指していけるかもしれないが、そのためにはぎりぎりの危ない橋を渡ることもありそうだ。だが逮捕され、あの絶望的な刑務所というやつに、収監されるのだけは嫌だった。

「なぁ、もし俺が不治の病になったり、逮捕されるようなことになったら、絶対に九馬の手で殺してくれ」

「そんな約束は簡単には出来ないだろ」

「しろよ……してくれ。俺は、九馬に殺されたい……。そうしたら……九馬も破滅だな。俺の後を追ってもいいぞ。死んだら無になるのは分かっていても、やっぱり寂しいじゃないか。二人で地獄に行こう」

「その前に、やり殺しちまうかもな」

優しかった九馬の手に、再び力が加わった。

二人の間で、この夜、何かが変わったのだ。九馬は荒々しく安寿を俯《うつぶ》せにすると、再び自身のものを挿入してきた。最初の挿入がスムーズだったせいか、安寿の体はすんなりと九馬を受け入れている。

「もう最後の段階まできちまったな。だけど、これだけじゃない。安寿、これだけで、俺の気持ちが終わるってことはないんだから」

「んっ……んんっ、し、絞めてくれよ、九馬。さっきみたいに……」

「そんなに続けてやると、おかしくなるぞ」

「もう……おかしくなってる」

俯せになったまま、手で自分の首をさすった。そこに九馬の大きな手が押しつけられると思っただけで、安寿は興奮し始めていた。

そのせいなのか挿入すら心地いい。これまではそんなところに入れるだけがセックスなのかと、半ばバカにしていたというのに、今は素直に異物が体の奥に入り込む、不思議な感触に酔っている。

けれどそれだけでは物足りない。九馬にきつく絞めて欲しいのに、焦らされているのか九馬の手は安寿の背中を優しく撫でるだけだった。

「ああ、九馬……」

「もう少し待ってろ。首絞めると、もの凄く締まりがよくなる。俺のが食いちぎられそうになるから、保たないんだ。俺にも、楽しませてくれよ」

「……そうなのか?」

「あそこだけ、とんでもない淫乱《いんらん》みたいだぞ」

九馬だって、出してもすぐに復活するほど性欲が強い。それでずっと九馬自身苦しんでいるのに、安寿のことを淫乱みたいだと笑って言うのが許せない。

けれどここは素直になって、九馬にねだり続けるしかなかった。

「なぁ、九馬……」

「そんなことしないと感じないのか？」

「分からない……でも、あの感じが忘れられない……」

白い闇に墜《お》ちていく、あの特有の感じに安寿は虜《とりこ》になりそうだ。そうなるとますますセックスの相手は厳選されるだろう。さすがに安寿も、そんな嗜好《しこう》が、決して誇れるものではないと分かっている。

「九馬……よかったな。俺のこんな秘密を知ってるのは、九馬だけだ。今、初めて知ったんだから……」

「……」

俺だけの安寿になった。そう思う九馬の声が聞こえてきそうだ。それで満足したのか、九馬の手が安寿の喉に当てられる。驚異的な握力を誇る九馬の手は、片手だけで安寿を仮の天国に送り届けてくれた。

ちかちかと絶え間なく点滅を繰り返す画面では、有名なアニメのキャラが動き回っている。何台も同じ機械が並んでいるのに、画面は皆どれも同じということはない。特別なヒットポイントに玉が入るとめまぐるしく画面は変わり、次々と数字が流れていく。

音楽の合間に、スタッフのアナウンスが入る。機械を操作する音とそれがない交ぜになって、特別の臨場感を客達に味わわせていた。

「いろいろと規制がうるさくなってから、あんまりこの業界も儲からなくなってきたんだよ」

親子ほど年の違う兄は、安寿に対してこびたように言う。自分が経営トップとなった店の一つを見せてくれているのはいいが、誇らしげというより兄の態度はどこか弱気に思えた。

「それでも、うちの会社に入りたいと思うか？」

結局はそれが心配なのだ。まさか父親が、自分とたいして年も違わない女性と再婚するなんて、思ってもいなかったのだろう。しかもその女性には、自分よりはるかに出来のいい息子がいるのだ。

東大法学部に通う美貌の弟に対して、とてつもないコンプレックスを感じている筈だ。何しろ兄なる男は、外見もとても醜い。父親も決して美しいとは言えない顔立ちだが、様々な苦労を乗り越えてきた経験が、年齢に相応《ふさわ》しいいい顔を作り上げている。けれど兄には、いい顔を作る苦労も足りていない。

一つだけのコンプレックスなら、簡単に乗り越えられただろう。なのに兄の場合は、見てくれの悪さだけでなく、頭も悪いし根性もない。ただ金だけはあるから、それを武器にしてどうにか自分を支えているようなものだった。

「院まで進んで、いっそ国際弁護士の資格を取ろうかなと思ってます。僕の場合、勉強するしか能がなくて」

「勉強が出来ればいいじゃないか？」

「いえ、勉強ばかりしているので、社会経験が乏しいというか、人間力が弱いっていうか」

欲望の塊である銀色の玉が、機械の中を舞っている様子を、安寿は興味深そうに見つめる。なぜこんなゲームに、心血を注ぐ人間がこんなにいるのだろう。昔の機械だったら、穴に入るだけで何倍にもなって玉が戻ってくる単純な仕組みだったが、今はそんなものではない。玉が入ったことで動き出した数字が揃わなければ、大量に稼ぐことなど出来ないのだ。

数字が揃うのは、コンピューターで管理されている。そうなるとまさに確率の勝負であって、投下した資本が回収される保証などどこにもない。

それでも客は、惜しげもなく金を銀の玉に替えて機械に飲み込ませる。中には大量に玉を出している客もいるから、自分にもそんな奇跡が起こることを信じているのだ。

「だけど安寿はもてるんだろうな。綺麗な顔してるし」

安寿のことをヤスヒサと呼びながら、兄はいじけた様子で言う。

なるほど、金はあるが一流企業とは違う。他人の欲望をかすめ取っていく商売だから、名誉欲は満足させられない。二重、三重のコンプレックスだなと、安寿は勝手に分析した。

「いいえ、もてませんよ」

「そんなことないだろ。モデルとか、タレントなんかと付き合ってるんじゃないのか？　ああ、それとも同じ大学のお嬢さん？　ああいう大学にも美人はいるしな」

兄は憧れのように言うが、自分だっていい大学を出た、美人の嫁を手に入れている。それでもこんな言葉が出るのは、コンプレックスを解消するのには、美しい女に傅《かしず》かれることが必要だからだ。

「いいえ、母から聞いていないんですか？　僕はゲイです」

「えっ」

その瞬間、兄は勝ち誇ったような顔をした。まるで欠点のないような安寿にも、人に言えないことがあった。しかも安寿は結婚しない。間違っても、この家の跡取りにはならないんだと読んだのだろう。

「そ、そうか。そりゃ、その」

「安心してください。お兄さんに迫ったりはしませんから。付き合ってるカレシがいますので」

「へ、へぇーっ、そうなのか。きっと、そのイケメンなんだろうね」

「ええ、とても優しくて、頼りになるカレなんです」

安寿は自分を最高に美しく見せるような笑顔になり、兄をじっと見つめる。すると兄は明らかに動揺し始めた。

女と見れば、脳内で勝手に裸にするような男だが、安寿を見ているうちに、つい邪《よこしま》な想像をしてしまったのだろう。

「僕がこうなったのは……きっと母のせいだと思います」

たまたまゲームをしている客の中に、がたいのいいイケメンがいた。安寿はその男に、ぼうっとした視線を向けながら呟く。

「お父さんに出会ってからは落ち着いてるけど、昔は……酷かったんですよ、男性関係が派手で。それで、女性が苦手になったのかもしれません」

その言葉が、兄の導火線に火を点ける。

父はもう高齢だ。妻を満足させることはとても出来ないだろう。だが、あの厳格な父の手前、派手な男遊びも出来ずに、夜毎、悶々《もんもん》としているのだと、勝手に妄想を炸裂《さくれつ》させている。

幸い今夜は、父が家にいない。愛知《あいち》での遊技場関係の会合に出席するため、留守にしているのだ。

そんなチャンスを、兄がみすみす見逃す筈はなかった。

「すいません、あまり音がすごくて、くらくらしてきちゃいました。本当はスロットとかやってみたかったんだけど、やっぱり無理みたいです。僕からお願いしたのに、すいませんでした」

「ああ、いいよ。この店だったら、いつ来ても好きなだけ遊べるようにしておいてあげるから、友達とでも来ればいい」

上機嫌で兄はそう言うと、安寿の肩を押して、外へと連れ出した。

「安寿君、こんなスロットより、ゴルフはどうだ？　今度、打ちっ放しに連れて行ってあげよう。何なら、友達も一緒に」

安寿のカレシがどんなものか、興味津々《しんしん》のようだ。それならそれでいいが、あんた、今足下を掬《すく》われそうになってるんだぞと、安寿は苦笑する。

「家にほとんどいないが、その……彼と同棲してるの？」

「はい、カレ、一人暮らしなので、今は一緒に」

恥ずかしそうに安寿は頷《うなず》く。すると兄は、落ち着きなく周囲を見回した。

兄自身も、あの豪邸で同居はしていなくて、近くのマンションの高層階に住んでいた。どうやら嫁は、継父が苦手のようだ。それを言い訳にして、兄自身も滅多に家には訪れない。

なのに今夜は、たいした用もないのに訪れるだろう。安寿もいないし、継父もいない。いるのは、熟れた肉体を持て余した母だけだ。

母の住むあの家中に、小さなカメラを多数仕掛けた。そして安寿は罠を張っている。今夜辺りついに獲物が引っかかりそうだと、密かに期待していた。

「一人じゃ、とても怖くてこんな店内には入れませんでした。ありがとうございます。それじゃ、また」

丁寧に挨拶して、安寿は店の前で別れる。そしてタクシーを拾い、駅へと向かう。

行き先は東京駅、安寿はそのまま継父のいる名古屋に向かうつもりだった。

母のために、これだけのことをしてやった。これで一つ、借りは返せたと思う。アパートの名義人になってもらったり、吉村との緩和剤になってくれたことに関しては、やはり感謝している。

名古屋駅に降り立ち、そのままコンコースを抜けてホテルに入った。継父もここに泊まっているのを知りながら、今はまだここにいることを知らせていない。たいして広くもない、標準タイプの部屋にチェックインして、安寿はパソコンを開いた。

東京の家の様子が、このパソコンに繋がるカメラで逐一分かる。

「欲望か……きりがない。あのバカ兄は、枯れるまで女を追い回すんだろうな」

キャバクラや高級クラブが大好きな兄が、何とか自粛しているのは、継父の力があるからだ。継父が亡くなったら、いいように女のために金を使い出すだろう。

過去には愛人を作ったりもしたようだが、思ったより気が小さいのか、嫁に見つかってすぐに別れたりしている。

「心理学を学べか……そうだな。人間ってのが、一番ややこしい」

画面を開いたまま、安寿は『愛光教団』について書かれた書物や、分厚い教養本を取り出して読み始める。

その合間に、ちらちらと画面を確認した。母はカメラのあることを知っているから、時折カメラの下を通る度に、わざとのように歩みを止めて髪を直したりしている。

「今やらなくても、いつかは俺達でバカ兄をはめただろうな……。だけどそうしないと、あいつはいつか金を殺す。つまらない女の関心を惹くためや、自分が一番だっていう錯覚を得るために、生きないといけない金を殺すんだ」

部屋の窓からは、線路が見下ろせた。しばらく見ているだけでも、何本もの電車が走り抜けていく。遠ざかる電車をじっと見ながら、安寿は自分の欲望について改めて考えた。

首を絞められないと絶頂感が味わえない。どんなに九馬が優しくしてくれても、性器だけの愛撫《あいぶ》や挿入だけでは恍惚感がないのだ。

「俺も欲望に負けるのかな」

安寿は九馬の姿を探す。ここにはいない。けれどカメラのあるあの家の安寿の部屋に、九馬が隠れているのは知っている。

連絡しようと思って、メールでホテルに入ったと伝えたが、電話をすれば声が聞けるのは分かっていた。

いつも一緒の九馬が側にいない。そんなことはこれまで何度もあった。なのに今夜は、特別に寂しく感じるのはなぜだろう。

九馬はボクシングのジムを辞めた。それは九馬が、自分の欲望をすべて捨て去った証だ。

もうリングに未練はないと、安寿にはっきりと分からせたかったのだろう。

やっと完全に結ばれた。安寿は自分以外の誰かとセックスしても、満足出来る体じゃないと安心したからかもしれない。

けれど逆に安寿のほうが、不安になり始めた。

九馬を失うことを思うと辛《つら》くなる。辛くなった自分が、安寿は許せない。愛なんて形のないものに縛られていく自分を、見ていたくなかった。

だが九馬を捨てられない。吉村のように、簡単に遠ざけることがどうしても出来ない。アシストさせるのに最高の男だという理由もあるが、それだけではもうなくなっている。

おそらく安寿は、生涯こうして死んだ金を集めるのを楽しみに生きていくのだろう。死んだ金を集め、来《きた》るべき時にそれらを解放する。

自分には、ネオタワーの最上階のオフィスがあればいいと思っていた。だがオフィスに一人、こうしてパソコンを前にして座っていても、そこに何があるのだろう。

安寿は自分の首を撫でる。

どうしても跡が残ってしまうから、今はタートルネックのシャツを着ていた。その上にマフラーを巻いてさらに隠すこともあった。

「だけど……気持ちいいんだ。魂が解放されていく感じがする……」

性欲の強い九馬は、一度許したら、毎日のように求めてくるようになった。もう以前のように、優しいだけの夜ではない。九馬は荒々しく振る舞うことで、安寿が自分を嫌わないと知った途端に、牡の力強さを見せつけてくるようになったのだ。

「俺は、マゾじゃない。マゾなのは九馬だ……」

精神的には、今でも安寿が支配している。なのにセックスでの関係は、反転し始めてしまった。

「普通のセックスじゃ、どうして駄目なのかな」

思わず手で、自分のものを押さえてしまった。そこは萎《な》えた状態で、全く何も安寿に訴えかけてはこない。

「集中しろよ、集中。上手くすれば百億……奪えるんだから」

自分のことをよく考えるようになった。それもまた安寿には気に入らない。激しいセックスをした後は、とても頭がクールになって、何でも簡単に思いつく。

けれどこうしてぼうっとしている時間に、いつもならもっといろいろなことを考えられたのに、今はつい九馬と自分のことを振り返ってしまったりするのだ。

もしかしたら自分は、人並みに恋愛しているのかと思うと、自分を許せない気分がますます強くなってくるのだ。

「教団の教義だ。さっさと理解しろよ……」

子供を作る以外のセックスはするな。自分を着飾る必要はない。清潔な衣類を、最低限の数だけ揃えればいい。粗食になれ。余計な食物が健康を損なう。味わうのは一瞬、健康は一生。

教団の教義には、何度も繰り返し、同じような言葉が出てくる。

「俺達みたいなセックスは、どうすりゃいいんだ？　つまり教団は、ゲイには寛容じゃないってことだろうな」

その道具は本当に必要か、よく考えよう。携帯電話が新しくないと、なぜ困るのか。大切なのは相手とのコミュニケーションであり、手紙でも普通の電話でも用は足りる。

そう書かれているのを読んで、安寿は妙に納得してしまった。だが教団の教義に従っていたら、人は皆、昭和の昔のように暮らさないといけなくなる。

「そうか……昔ね……ふーん」

教団の金庫を開かせる、何かのヒントが見つかったような気がした。

それからしばらくは、集中して教団の歴史や教祖に関するものを読みふけった。ありがたいことに安寿の脳は、一度読み込んだものをほとんど忘れない。この後で教団の幹部と出会ったら、彼らよりも教団に詳しくなっているかもしれない。

「んっ……」

携帯の着信ランプが光っている。携帯を取ると、九馬の声が聞こえてきた。

『兄さん、来たぞ』

「もう？　早くね？」

安寿は、急いで玄関付近のカメラからの画像を確認する。そこには出迎えている家政婦と、兄の姿が映されていた。

「やる気まんまんだな」

兄は着替えていた。精一杯着飾ったつもりなのだろうが、太った体にそのスーツのラインはあまり似合っていなくて、腹の辺りにおかしな皺《しわ》が寄っていた。

『名古屋どうだ？』

九馬の声が聞こえると同時に、安寿は思わず自分の首に触れてしまう。九馬の太くて長い指が、唇や頬《ほお》を撫で回すのを思い出した途端、安寿は自分の性器が心持ち堅くなったのを感じた。

「どうって、そのままホテルだ。お勉強してたんだよ」

『なぁ、危なくなったら、部屋に押し入っていいのか？』

「ああ……間違ってレイプされることのないようにって、散々言われた」

『分かった』

安寿はいない。継父もいない。けれどそこに安寿のカレシがいるなんて、兄には全くの想定外だろう。

そのまま兄はリビングに通され、母から家族らしい接待を受けた。それから兄は突然、継父の持っているタイピンとカフスを貸して欲しいと切り出す。決して安価なものではないから、母が旦那様に確認しますと言うと、兄はもう了承されていると言ってきた。

変に疑われるのは嫌だから、タイピンの仕舞ってある部屋に同行してくれと頼んでいる。

「こういうの陳腐っていうんだろうな」

安寿は思わず笑ってしまった。寝室に押し入る、実にいい口実だ。

『だけどママはこれじゃ断れない。息子が父親のタイピンを借りるんだ。しかもどんなタイピンなのか、ママには分からない。女、狙う時だけ、こいつは頭がフル回転するのか？』

「そうらしい……仕事じゃ使えないのに」

会合に継父が出席したのも、兄では何の成果もないからだ。ただ会合に出て、料理を食べ、酒席に引き回されて終わりだろう。

安寿はカメラの位置を寝室に切り替える。そしてまるで台本のあるドラマのように、兄が母に襲いかかる瞬間を見ていた。

『そろそろヤバイな。それじゃ、行くわ』

九馬は携帯を切り、安寿の部屋から出たようだ。やがて寝室のドアの前に立ち、ノックしている姿が映し出された。

映像で見ると、九馬は特別にいい男に見える。それともこれは安寿の脳が、勝手にそう見せているのだろうか。

『ママさん、何かありましたかっ』

九馬の声に、兄はぎょっとしたようだ。

『何だ、旦那がいないと思って、男を引きずり込んでるのかっ』

ズボンを下ろし、興奮した性器を取り出した姿が、しっかりと映し出されている。母は兄が狼狽《うろた》えた隙にその体を思い切り突き飛ばし、着物の裾が乱れた姿でドアに駆け寄った。

九馬が入ってくるのとほとんど同時で、母は九馬に縋り付く。

『九馬君、やっぱり安寿が心配してくれたとおりになったわ』

母の怯えた顔を見て、安寿はついに堪えきれずに笑い出した。

「女優にでもなればよかったんだよ。大女優になれたぞ」

演技をしていない兄だけが、もっともドラマチックだった。

『おまえは何者だっ、この家で何をしてるんだっ』と、喚《わめ》き散らしている。

『安寿君の友達です。安寿君に頼まれて、ママさんのガードしてます』

『余計なことしやがって』

『一人じゃ怖いって言ってたのは、こういうことだったんですか』

九馬も下手なりに、必死に演技している。それを見ている安寿は、久しぶりに腹が痛むくらい笑っていた。

「ああ、たまんねぇ、最高のギャグだ、これ」

兄は慌ててズボンを上げる拍子に、思わず性器をファスナーで挟んでしまったらしい。そうなるともう本物のギャグで、安寿はホテルのベッドの上を転げ回って笑った。

そして一頻《ひとしき》り笑った後で、安寿は急に真面目な顔になった。そして素早くこれまでの映像を編集し、同じホテルに宿泊している継父に電話を掛けた。

残念なことに、継父はまだ酒席にいるようだ。部屋に戻ったら、至急連絡してくれとメッセージを入れながら、安寿は考える。

欲望の塊の業界と、欲望を排斥する宗教、そのどちらにも同じように金が集まる。日本は変な国だと思えた。

継父は安寿のために、遺言を書き換えるだろう。それは自分の息子が愚かだからではなく、策謀を用いて兄を追い落とそうとした安寿に対して、自分がここまでにした企業を引き継ぐのに、相応しい男と思われたからだ。

引退していた継父は、再びトップに返り咲いた。美しい継母に、息子が手を出そうとした。たかがその程度のことと思うかもしれない。けれどその程度ではないのだと、安寿は学んだ。男のプライドだ。

継父は、自分が男としてもう終わったように思われていたことに、何よりも腹を立てたのだ。あの美しく、淫乱な妻を満足させられない男、そう思われたのが余程悔しかったのに違いない。

そういう心情の操作は、やはり母のほうが上だ。何気に安寿や九馬まで巻き込んで、旦那様命の健気な妻を演じきっている。きっと継父の前では、何度も結婚に失敗したのは、本物の男を捜していたのに見つけられなかったからだ、くらいのことは言っているだろう。

老いるということは、プライドの高い男にとって、もっとも辛いものだ。老いてもまだ自分が現役の男として、輝いているところを見せたい。

だからこその再婚だったのだ。

それを息子に、父は妻を満足させていないと言われては、怒り出すに決まっている。

母は、愚かな兄の劣情を巧みに誘導して、見事追いやった。安寿のために遺産をより多く確保してくれた訳だ。ここは感謝すべきかもしれない。

「なぁ……一つ、片付いたことだし、あっちも片付けないか？」

名古屋の大騒ぎの後、落ち着いた頃に九馬がいきなり言い出した。

「あっちって？」

安寿は、趣味の改造銃作りにいそしんでいる。イギリスの古い銃を、美術品として買い取り実銃に改造していた。

「九馬……これは、ある貴族が、決闘用に持っていたものなんだ。この貴族が凄いんだ。決闘を何回もやっているのに、死んだのは八十歳……大好きな鴨のローストを、喉に詰まらせて死んだそうだ」

楽しそうに銃を分解している安寿に向かって、九馬は顔を近づけてきて囁く。

「吉村だよ。あの調子じゃ、いずれここも見つける。そうなったらヤバイだろ？　愛しさ余って、憎さ百倍ってのがあるからな」

「九馬の言うことは、田舎の家に掛けられてるカレンダーみたいだな」

「悪かったな」

「祖父さんと、時代劇ばっかり見てたから……そうなるんだ。ああ、素晴らしい銃だ。死に神に愛されたんだろうな。終いには、彼と決闘したがる貴族はいなくなり、どんな侮蔑《ぶべつ》も彼には許されたそうだ」

　分解しながら、安寿は銃そのものは特別でないことに気がつく。つまり持ち主は、類《たぐ》い希な射撃の名手だったということだ。

「その大好きな改造銃だって、吉村に知られたら終わりだ。すぐに警察に踏み込まれちまうぞ」

「……分かったよ。で、どうすればいい？　パパに会って、腹でも刺されればいいのか？」

「もっと安寿らしい……やり方がある」

　相変わらず、声にも抑揚のないやつだなと九馬を振り向いた安寿は、これまで見たことのないような顔をしていることに気付いた。

「九馬、どうしたんだよ、顔が怖いぞ」

「吉村の未練をすっぱり絶つには、これしかないと思うんだ」

「何だよ？」

「俺達がやってるところを見せるのさ」

　こんなことを考えるのは、九馬らしくない。今夜の九馬はどうかしている。それとも九馬は、安寿を手に入れたことで変わってしまったのだろうか。

　立派な家があるのに、吉村は今ではアパートを監視出来るマンションに住んでいる。それだけでは足りずに、大学付近をよく散策していた。

母にはよく連絡を入れていて、巧みに安寿と同席する機会を持とうとしていた。母は寛容だから、いっそ会ってあげればいいのにと言い出す。けれど安寿は、面倒を恐れて未だに逃げ回っていた。

「やってるとこって……らしくねぇな、九馬。そういう発想は、俺が得意なんだけど」

「安寿が吉村に対しては温いから、俺が代わりに提案してるんだろ」

それは違う。九馬は吉村の存在が気になってしようがないのだ。冷淡な筈の安寿が、吉村だけは完全に切らない。いつまでも追いかけっこを楽しんでいるのが、納得出来ないのだろう。

「安寿が誘い出せば、吉村はすぐにやってくる」

「おい、まさかここにご招待するつもりか？」

「いや、俺の……部屋に」

九馬の部屋といったら、その実家しか思い浮かばない。二十年以上前に建てられた、敷地も狭い建て売り住宅で、確か九馬の部屋はすでに弟が使っていると聞いたのだが。

「あそこに？　家族がいるだろう」

「部屋、新しく借りたんだ」

「何で俺に言わないんだ」

咄嗟《とっさ》に安寿は不機嫌になる。愚かな独占欲だ。九馬の何もかもを完全に把握していたつもりが、自分だけの秘密の部屋を持っているというのが許せない。

「借りたばかりだからさ。いろいろと揃えるのに、時間が掛かったんだ。まだ、完璧じゃないが、使えないことはない」

「苛つく……九馬、俺に何も言わないで……」

「何で苛つく？　俺だって報酬は貰ってる。金の使い道があってもいいだろ？」

安寿は手にした部品を、ベルベットの敷き詰められたトレーの上に勢いよく放り投げる。

本気で苛立っていたのだ。

「今から、そこに行こう。吉村を呼び出せよ」

「九馬が仕切るのか？」

「嫌ならいい。パパには優しいんだな。いつもは冷酷になれるのに」

そこで九馬は、諦めたようにため息を吐いた。さすがに安寿も、吉村のことは引っ張り過ぎたと感じている。いつまでも愛されたいのかと、自分の軟弱さを九馬によって突きつけられたのだ。これ以上、曖昧でいるのはフェアじゃない。

「ああ、分かった。九馬はパパの前で、はっきりと自分の立場、俺のパートナーだってやつを、示したいんだろ」

「それもあるが、囚われたままじゃ、吉村が気の毒だ。そろそろ夢から醒《さ》めないと駄目だろ」

そうか、吉村は夢の中にいるのかと安寿は納得する。安寿を追っているうちに、夢の迷路に迷い込んで出られなくなったのだ。

車で、九馬の新しい部屋に向かった。到着したのは、それほど新しくはないビルで、上階は住居がほとんどだが、下はオフィスになっている。どうせならもう少し綺麗なマンションにすればいいのにと思ったけれど、九馬が気に入ったのだ、安寿が文句を言う筋合いではない。

「いいとこだねぇ」

駐車場に雑草が生えている。一階の角はヨガ教室の看板が掲げられているが、外れたままになっているから潰れたのだろう。

ところが九馬は、そのヨガ教室のドアに鍵を突っ込んでいた。

「九馬、ヨガ教室やるのか？　似合わないから止めとけよ」

「見れば分かるさ」

中に入って電気を点けると同時に、改装したばかりの建物の臭いがつんと鼻をついた。見ると教室の中央に、リングが置かれている。さらに様々な肉体を鍛えるためのマシンや器具が置かれていた。

「ジムでも経営するつもりか？」

「いや、ここはあくまでも俺の趣味の場所さ。ジムに通うと、いろいろと面倒くさい。ここなら自分のペースに合わせて、好きなだけ鍛えられる」

まだ未完成のリングは、新しいシートの臭いをさせている。けれど九馬は、いつここを掃除しているのだろう。九馬にそんな時間があるとは思えなかった。

「維持するの大変だろ？」

「駒にやらせてる。おかしいよな？　あいつらも変わったんじゃないか。健康のためにも、少しずつ体を動かしたいとか言い出したし。ここなら誰にも会わないから、都合いいだろ？　掃除もやらせたら、意外にやれるもんだ」

「凄いじゃないか。福利厚生施設完備だな。駒もいろいろいるってことか？」

「社会を拒絶しているやつらばかりじゃないさ。世の中に出ていくきっかけを見失っていただけだ」

九馬は誰に対しても優しいところがあるから、駒とも人間的な付き合いが出来るのだ。そこが安寿と決定的に違うところで、安寿にとって駒は、今でもキーボードを操作するための道具でしかない。

「シャワールームもあるし、ウェアも用意してある。安寿、少し、遊ばないか？」

「いいね。これなら許す」

もっとプライベートな私室を想像していた安寿は、心地よく裏切られた。ここならいかにも九馬の趣味の部屋らしい。誰にも気兼ねなく、体を鍛えられるのだ。そしてプロへの誘いの目も、ここまでは届かない。

何かを吊るすのか、天井には太い鉄パイプが張り巡らせてある。窓は二重で、完全に近い防音処置がしてあった。

「何だか、ヤバイことに使えそうな部屋だな」

きっと九馬の脳内では、いずれ安寿を助けるために、こういった秘密の部屋も必要だとの目論見もあったのだろう。

九馬とはそういう男だ。見ていないようで、確実に未来まで見ている。駒の中から優秀な者を選び出し、自分の配下に付けようとしているのも、そういった深い考えがあってのことだ。

安寿のサイズのウェアも用意されていた。着替えて久しぶりに本格的なジムワークを開始する。そういえばしばらく体を虐めていなかったことに気がつき、始めたらどんどん気分は高揚していった。

外部の音が聞こえないので、安寿はそこに吉村がいることに最初気付かなかった。マシンに乗って鍛えている姿を、吉村はじっと見下ろしている。

これが吉村だろうか。

老いただけではない。目からは光が失われ、かつては全身から発せられていた熱が感じられなかった。

数年の間に、人はこんなにも変わるものだろうか。そうさせてしまったのが自分だということに気がついて、安寿は胸に痛みを覚える。

「いきなり呼び出したと思ったら、これはどういうことだ?」

「ん……パパこそ、どうしたんだよ?　すっかり爺になっちまってさ。らしくないよ、パパ」

「また体を鍛えろってお誘いか？」

吉村は周囲を見回し、サンドバッグに向かっている九馬を見つめる。

「相変わらず、仲がいいんだな。いつ別れるのか楽しみにしてたのに、ちっとも別れる気配がない。よくこんなわがままな安寿のことを、面倒みていられるもんだ」

吉村はここに呼ばれた意味を知らない。何も疑わず、考えもせず、ともかく安寿に呼ばれたから駆けつけたようだ。

「何で逃げ回ってたんだ？」

「何で追いかけ回してた？」

「……分からない。捕まらないから、追いかけていたんじゃないか？」

「パパ、そういうのは病気だよ。いい加減に目を覚ましたら？」

けれど吉村は、まだ夢の中にいる。安寿を見る目には、消し去れない欲望が揺らめいていた。

「二人きりで会うのが怖いのか？」

九馬のことをちらっと見ながら、吉村は不愉快そうな口調になる。態度は相変わらず高圧的で、何も変わっていないように思えた。

「別に。ただ九馬は、俺にラブラブだから、離れていられないだけさ」

「……」

九馬を見る吉村の目が変わった。

それは兄が母を襲った映像を見た、継父の目とよく似ている。

こんな再会を練ったのは九馬だが、気がついたら安寿のほうが積極的に動き出していた。結局は吉村を挑発するのは、安寿の役目になるのだ。

「九馬を倒せたら、パパの家に戻ってもいいよ」

残酷な言葉は、簡単に出てくる。けれどここで冷たく突き放さなかったら、吉村はいつか狂気の淵に追いやられるだろう。もはや妄執だけが、吉村に安寿を追わせているのだ。

「無理だと思ってるのか?」

吉村は口元に引き攣った笑みを浮かべて言う。

「ああ、思ってるから言ってる。勝てないんなら、俺の周りをうろつかないか、パパに徹してそういう目で俺を見ないでよ」

「どういう目で見てるって?」

「ぎらぎらだよ。やりたいって、目で訴えられてもな」

「あいつとは……やってるのか?」

吉村の声は掠《かす》れている。やったら負けるのは確実だった。それでも吉村は、ここで戦ってみせないといけない。安寿を手に入れるのは無理でも、蔑《さげす》まれたままでいるよりはましと思ったのだろう。

「そうか……分かった。だったら、あそこでやろう」

居直ったのか吉村は、まだ作りかけのリングを顎《あご》で示した。そして吉村はアクション映画のヒーローのように、上着を投げ捨ててリングに上がる。

「怪我、しますよ」

バンデージした手を示し、九馬はまず断る。

「するかもしれないが、しないかもしれない。万が一、君を倒せたら、安寿を返してくれ」

吉村の願いに対して、九馬は嘲笑《ちょうしょう》で応えた。

「元々、あんたのものじゃないだろうが。勝手に勘違いしてんじゃねえよ。安寿が迷惑してるって、分からないのか？」

挑発されて吉村の顔は紅潮した。自分でも愚かなことをしている自覚はあるのだ。さらに傷をえぐられて、吉村は今、痛みに全身を震わせている。

なのに俺のために殴り合いをしてくれるのかと、安寿は嬉しくなってくる。では特等席に座ろうと、リングサイドのパイプ椅子に腰掛けた。

九馬はこの日のために、わざわざこの部屋を用意したのだろうか。連日、ここで体を鍛えている九馬相手では、吉村に勝ち目はない。吉村の体を見れば、とうにジムや道場に通うことを放棄しているのが窺《うかが》われた。

「合図のハンカチでも投げようか？」

安寿の言葉に、吉村は首を振った。

「そんなものいるかっ。いつでもかかって来いっ」

「パパったら、いきがっちゃって……」

九馬は試すようにパンチを繰り出す。すると吉村は、思っていたよりずっと軽いフットワークで巧みに避けた。そして間合いを計って、九馬の下半身に蹴りを入れている。

吉村はそれなりに自信があったのだろう。ボクシングしかやっていない九馬は、足を攻撃されると弱いし、組み手となったら自分のほうが優位だと思ったようだ。

果敢に九馬に挑んだ吉村は、思ったよりも善戦した。これくらいの強さがあるなら、街にたむろする若者に絡まれても、簡単に撃退出来るに違いない。

九馬も続けて足を攻撃されて、多少戸惑っているようだ。その隙に吉村はタックルし、九馬の大きな体は音を立ててマットの上に横たわった。

寝技に持ち込むつもりだ。安寿も経験あるが、ポイントを絞められると一気に意識を失う。まさに安寿が好む、究極の恍惚感が味わえるのだ。

そのまま九馬も落とされるのかと思った。だが九馬には、まだ余裕が感じられる。相手の動きを、冷静に読んでいるように思えた。

「そこまでか?」

そう言うと九馬は、ついに吉村の腕を外し、その体を持ち上げるようにして立ち上がった。

そして今度は何も迷わず、吉村の顎に強烈なフックを浴びせた。

スローモーションのように、吉村の体が倒れていく。真新しいマットは大きくたわみ、吉村の体を受け取った。吉村はすぐに起き上がることはなく、マットに抱きしめられたまま意識を失っていた。

「パパ、年甲斐もなく頑張ったよ」

安寿が気の毒そうに吉村を見ていると、九馬はその体を担ぎ上げて運び始めた。手当てでもしてやるのかと思ったら違っていた。九馬は吉村をマシンの上に寝かせると、手にしたバンデージを外し、それで手足を固定し始めたのだ。

「おい、負けたやつにそれはないんじゃないの？　そこまでしていたぶらなくてもいいだろ？」

「最初に俺が言ったことを忘れたのか？」

「……ああ、何か言ってたな。だけど敗者に泥を塗るようなことは、俺としてはしたくない」

「そうやっていつも吉村には優しいんだ。今でも未練あるのは、安寿のほうだろ。父親を知らない安寿は、優しいパパが欲しいんだ」

どんなに欲しくたって、本物の父親はもう手に入らない。母が妊娠したことを知り、散々反対されながらもどうにか入籍した時点で、亡くなってしまったのだから。

父は特別な脳を持っていたのに、どうやら過度のストレスにその脳は弱かったらしい。結婚を反対されたことや、果たしてその子を愛せるのかといった、子供に対する複雑な思いに苦しんだのか、研究室にいた時に脳の血管が切れ、そのまま息を引き取った。

生きていたら安寿を愛しただろうか。

いや、きっと冷淡な父親だったと思う。自分の性格からしたら、きっと父も似たようなものだと思ってしまうのだ。

だから優しい吉村に惹かれた。まるでドラマの父親のように、吉村は完璧ないいパパを演じてくれていたのだ。

九馬は吉村を固定すると、今度は天井に張り巡らせた鉄パイプから、ぶら下がっている鎖を引き寄せてきた。その先に付いているものを見て、安寿は眉を寄せる。鋼鉄製の手枷《てかせ》がぶら下がっていたのだ。

「おい……冗談だろ？　まさか……本気なのか？」

「ああ、本気だ。安寿は少し懲りたほうがいい」

「懲りるって？」

「誰にでも、愛されたがってるのが嫌だ……俺がいるのに」

九馬は乱暴に安寿を捕まえると、着ているウェアを脱がしにかかった。そこで安寿は抵抗したが、今日の九馬は非情だった。

時折、九馬にも凶暴性のスイッチが入るようだ。それを予測しなかったのは安寿の甘いところでもある。

「九馬、止めろ。おまえ、時々、ぶっ壊れるんだから」

「そうさ、いつもいい子にしてる分、キレるとこうなる。覚えておけ、俺は吉村なんかより、何倍も厄介な男だってことをな」

そうかもしれない。吉村は何度もこうして暴力的に安寿を奪う機会があったのに、結局は大人しく指を咥《くわ》えて待ち続けたのだ。

九馬も待たせた。だが一度立場が逆転してからは、九馬の支配欲は強まっている。

上半身を裸にすると、九馬は安寿を手枷に繋いでしまう。そして横たわる吉村の前に立たせた。

「便利だな……これは何だ？　いたぶるための装置みたいだけど、ＳＭ趣味の人間でも集めて、パーティでも開くつもりか？」

「ああ、それもいいかもしれないな。安寿が楽しみたいなら、いくらでもやってやる」

「九馬、俺は支配されるのは嫌いだ」

「そんなことは知ってる。だが、本当は力ずくでやられたいのも分かってる」

そんなことは嘘だと言いたいけれど、九馬にそうやって何もかも奪われても、未だに九馬と離れられないのだから、事実はそうなのかもしれない。

両手を上に上げられて吊るされた。そして九馬は、安寿の首にロープを掛け、その先を吉村の首に繋いだ。

「安寿の喜びは、吉村の苦しみだ。どうだ、俺の演出もなかなかのもんだろ」

「ああ、たいしたもんだ。俺は、精神的ないたぶりならいくらでも思いつくけど、肉体的なものでは九馬に負けた。素直に認めるよ」

安寿が首を上げてロープを引っ張れば、吉村の首も同時に絞まることになる。安寿はこんなことをするのに慣れているけれど、吉村は慣れていない。下手したら死ぬのではないかと、余計な心配をしなくてはいけない。

それでも九馬は、ここで安寿を犯すのだろう。

ただセックスしている場面を見せるのとは違って、吉村にとってより屈辱的な方法を九馬は選んだのだ。

「起きろよ。本当は、もう意識が戻ってるんだろ?」

吉村の頬を軽く叩きながら、九馬は話し掛けた。すると吉村は、閉じていた目を開き、安寿が吊るされた様子を見てぎょっとする。

「安寿、こんな危険な男といるのはやめろ。首にロープなんて、ひどいじゃないか」

本気で安寿のことを心配したのか、吉村の顔は引き攣っていた。

「そうじゃないんだ、パパ。俺はね、こうして絞めてもらうの大好きなんだよ……パパにとって俺は、ずっと愛すべき天使だっただろ。だけど本当の俺は……天使なんかじゃない」

九馬はわざと吉村によく見せるように、ゆっくりと安寿のウェアを下に下げていく。すると少し興奮し始めている性器が、下から見上げる吉村の前で揺れ出した。

　足を広げられた吉村の体の間に、半ば強制的に九馬は安寿の体を押し出す。安寿の素足は、吉村の穿《は》いている柔らかなウールパンツの感触を味わった。

「パパ、初めて会った十二歳の時に、やっちまってくれればよかったんだ。そうしたら、パパのものになったかもしれないのに。もう遅いんだよ、パパ。俺は、九馬に出会ってしまった。パパよりずっと強くて、時々残酷だけど、俺を……愛してる九馬に」

「安寿を傷つけるのが怖かったんだ。なのに安寿、おまえは自分から傷ついていくのか？」

「そうだよ」

　露《あら》わになった下半身に九馬の手が絡みつく。吉村の目の前で性器を刺激されて、安寿は徐々に興奮していくのを感じた。

「んっ……パパ、一緒に苦しんで……パパの苦しみが、俺の喜びになるんだから」

「こういう変態趣味はない」

　吉村が吐き捨てるように言うと、九馬が笑い出した。

「子供に発情するほうが、ずっと変態だろ。大人同士で楽しんでるんだ。いいじゃないか」

「……安寿を飼い慣らして、楽しいか？」

「飼い慣らせるようなやつじゃない。これが……本当の安寿なんだ」

　九馬の言葉に、安寿は素直に頷く。

「そうだよ。完璧な子供を手に入れたって、パパは醒めない夢を見てたんだ。だけど、よかったね。これで綺麗に夢から醒めただろ？　大人になった俺は、パパ好みの、どこか頼りない、少年みたいな男じゃない……」

安寿は九馬がウェアを降ろし、その部分に性器をあてがったのを感じた。

「見える、パパ？　見たいパパ？　前はよく、一緒にお風呂に入ると盗み見てたよね」

すると九馬は、安寿の両足を摑み、そのまま抱え上げてしまった。そうして吉村に、その部分を見せようとしたが、安寿の首が動いたせいで、吉村に余計な苦しみを与えてしまった。

「うっ、ううっ」

「ああ、駄目だよ、九馬。パパは慣れてないんだから」

「悪かった。吉村さん、別にあんたに死んで欲しいとまでは思ってない。俺があんたを許せないのは、父親として懐きたかった安寿の気持ちを、あんたが踏みにじったからだ。なのに安寿は、いつまでもあんたを完全に切り離すことが出来なくて、俺を苛立たせるんだ」

吉村の他に、九馬を苛立たせるような存在はいない。だからこそ九馬の憎しみは、すべて吉村に向けられてしまうのだ。

安寿は手枷に全身の重さを委《ゆだ》ねる。そして降ろされた足を吉村の太股《ふともも》に乗せ、九馬のものを受け入れた。

こんなことを思いつく九馬は天才だ。倒錯したセックスの罪深さが、安寿をぞくぞくさせる。

もしかしたら吉村も、同じように感じているかもしれない。そう思った安寿は、足で吉村の性器を踏みつけた。

「うっ」

苦しげに呻いているが、吉村のものもすでに興奮している。けれど吉村まで喜ばせてやるほど、九馬は親切ではない。

だから安寿は、吉村を喜ばせるために思い切り踏みつけるのだ。

九馬は吊り下げられた安寿の体を心持ち持ち上げ、下から思い切り突き入れてくる。すると安寿の中に、たまらない快感が広がった。

「うっ、ううっ」

感じ始めた安寿がわざと喉を締め付けると、吉村も死にそうな声を上げる。けれど安寿には、もう吉村の苦しみを考慮してやる余裕がなかった。

「あっ、うう……く、苦しい」

苦しいけれど気持ちがいい。だがそれは安寿だけの喜びだ。

「あ、安寿、頼む、ゆ、許してくれ。もう二度と、おかしな誘いはしない。財産も、すべて安寿に譲ると、遺言書にも書いた。だから安寿……う、ううっ、もうたくさんだっ。許してくれ、安寿」

「あ、ああ、どうして……こんなに気持ち……いいのに」

吉村は必死になってもがいている。だから仕方なく安寿は、自分の喜びを諦めた。

「パパって、思ってたより強くないんだな。がっかりしたよ、パパ」

「うう、バカにしたければすればいい。安寿、愛していたのに、何て惨《むご》いことをするんだ」

「俺を愛してたんじゃない。幻の息子を愛してただけさ……それでも、嬉しかったけどね」

それで吉村が、ただちに許されるということはなかった。安寿が果てるまで、何度も吉村はもがき苦しみ、安寿に解放を懇願した。

やっと許されたのは、安寿の出した飛沫が、吉村の顔を汚した瞬間だ。

吉村の顔は飛沫以外のもので濡れている。悔しくて泣いていたのか、苦しくて泣いていたのか、あるいは喜悦の涙だったのか、この時の安寿には分からないままだった。

第三章

三つ子の魂は揺らがない。

隠しているものは、すなわち生きていない。だから生かすために、戴《いただ》いてもいいのだ。キュマの腹の中にあるダイヤの指輪やネックレスが、いつも安寿《あんじゅ》にそう教えてくれる。

安寿は大学院まで卒業したが、弁護士になることも検察官になることもなかった。むしろ学生のままでいたいので、そのまま国際社会科学の院生となった。

九馬《きゅうま》は院まで進まず卒業し、僅《わず》か二十三歳で会社を立ち上げている。もちろんその会社は、安寿が稼ぎ出した金を生かすために作られたものだ。

表向きは在宅で出来る仕事の紹介業となっている。ある程度パソコンに対する知識があり、働く意欲があれば大丈夫ですなどと、分かりやすいホームページも立ち上げ、小さなオフィスを借りて営業していた。

九馬が表に出るのはいいのだ。高校生の時に、アマチュアボクシングで何度も表彰されている。そういった経歴を生かし、九馬は自ら広告塔になった。

すると早速、メディアから取材が入る。東大卒、若くてイケメン。性格は生真面目、遊ぶことも せず、ニートと呼ばれる人達にも、より多く働ける機会を与えたいという、もっともな主張が受けていた。

実際に九馬は、自分に与えられたチャンスをものにして、その会社を生かしている。安寿が思っていたよりも、確実に収益を上げてすらいた。

「欲望のために、振り回される人生は虚しいだけです」

四十代の独身男性に対して、安寿は本心からではない教義を語っている。

教団に入って四年、教祖が蓄えた金にたどり着くまで、思ったより時間が掛かった。それは教祖の周りにいる、幹部というややこしいやつらを、一人、また一人と追い落としていくために思わぬ時間が必要だったのだ。

「中立によっては、資産を全額教団に寄贈するように薦める方もおられますが、私はそうは思いません」

教義と対立するようなことを、安寿は平然と口にする。

「女神、聡子《さとこ》様が開眼されてから、『愛光教団《あいこう》』となって二十年になりますが、あなたはその二十年間、心正しく働いてきたのでしょう？　その成果である蓄えを、すべて寄進するのは教義に反します」

こう説明すると、信者は明らかに動揺する。ほとんどの幹部は、より多く寄進したものに、幸福を約束するからだ。

「でも、寄進が少ないと、聡子様のお手かざしは受けられないのではないでしょうか？」

信者が不安そうに聞いてくる。

「そんなことはありません。私が口添えすれば……」

そこで安寿は、穏やかに微笑《ほほえ》んでみせた。

超能力なんてものを、安寿は信じない。けれど教祖の娘の聡子が、お手かざしといって、病んでいる部分をさすると病が快癒するというのは、まるっきりの嘘ではないと思った。手から磁力でも出るのかもしれない。さすられることによって、よくなった信者も中にはいる。安寿からしてみれば、精神的な安定が自己免疫力を高めたんだと思えるのだが、それだけでは説明しきれない事例もあった。

上手くしたもので、お手かざしをしたからといって、誰でも治ると教団は説明していない。末期の病なら、死までの日数が数日延びるかもしれない、というような説明の仕方だ。それでも藁《わら》にも縋《すが》る思いの人はいて、特別儀式のお手かざしを待つ信者は絶えなかった。

教団の構成は、一般信者の上に小立と称するチームリーダーがいる。それらチームをまとめるのが中立で、さらにグループをまとめる大立がいた。

その上に教祖がいて、さらにその上には女神と呼ばれる教祖の娘、聡子がいた。

安寿は入団して四年という驚異的な早さで、大立まで出世している。

安寿にとっては、そんなに難しいことではない。扱う駒の数が増えただけだ。しかも手にした駒はどれも弱々しく、少し力を入れれば簡単に安寿の思うままに動く。

唯一、安寿にとって邪魔なのは、糸居《いとい》という教団創設からいる大立で、狙いは教団の金にあるのは明らかだった。元はマルチ商法をやっていたようで、実に胡散《うさん》臭い。もっとも糸居からしてみれば、安寿の存在は大きな謎であり、胡散臭いことこの上ないだろう。

金はいらないと言っても、安寿に対してその信者は寄進をしていった。その金を有り難く受け取ってみせたが、内心はこの金も死ぬのかと思って腹立たしい。

欲望が世界を動かしているのだ。けれどそれがおかしいと思う人達もいる。するとそういった人達から金を奪おうと、新たな欲望が生まれるのだから恐ろしい。

安寿は寄進された金を手にして、教祖の元へと向かう。

都心から車で三十分という場所にあるこの教団本部は、城を思わせる豪華な作りになっている。地上四階建てで、地下はシェルターになっていた。

くだらない、実にくだらない。

本部の中を歩く度に、安寿は呪いのようにくだらないと心に思い浮かべる。

欲望は悪と言いながら、この建物こそはまさに欲望の塊ではないか。いつ、どこからミサイルが撃ち込まれるのか知らないが、シェルターまで作って生きようとしていることは、欲望ではないのだろうか。

教祖と聡子は、四階の天守閣のような部屋に住んでいる。階段もあるが、エレベーターを利用するのが普通だった。

「ああ、ヤスヒサ君……」

もう七十歳は超えている教祖は、安寿が行くと皺《しわ》くちゃの顔に笑みを浮かべ、恥ずかしそうにしながら手を握ってくる。

毎日、中立や大立が運んでくる金を、押し戴くようにして教祖は受け取る。そして手にした札を、愛しげに撫《な》でるのだ。すべての金が集まると、教祖は自分専用のエレベーターに乗り地下のシェルターに行く。

そこにある巨大な金庫に、札束を収納して教祖の一日は終わるのだ。

欲望の塊である金を、こうして人々の前から隠すことで、世の中は平和になると教祖は思っているらしい。

本気でそう信じているのか、または巧みにそう思わせているだけなのか、四年が過ぎたのに安寿にも未だに真実が分からない。さすがに教祖になるだけのことはある。つかみ所のない老人だった。

「厚成《あつなり》様……」

「何だね、ヤスヒサ君」

握った手を惜しそうに離しながら、教祖は病で濁った目を安寿に向けた。

教祖はここ最近、信者の前に姿を見せなくなったのだが、その原因がこの眼病だ。眼科に行けば治せるだろうに、近代医学を金儲《かねもう》け医療だと排斥《はいせき》している手前、教祖は病院に行きたくても行けないのだ。

「お話をさせていただいてもよろしいでしょうか」

「いいよ、ヤスヒサ君」

教団内では、皆、下の名前で呼び合うことになっている。安寿はここでは決して本当の名では呼ばれたくないので、ヤスヒサになっていた。

「『愛光村』の計画に、まだご賛同は戴けないのでしょうか？」

「村かね……そうだね、村だね」

「はい……」

「そうだな。そうだね……カズオ君が反対してるんだ」

糸居カズオ、やはりこいつが邪魔立てするんだと、安寿は苛立《いらだ》つ。

人の金は奪うけれど、命は奪わない。それが安寿のポリシーだけれど、さすがに糸居だけは消してしまいたくなる。

教団にいくら金があるのか、正確な金額は誰も知らない。糸居ですら把握していないのだ。

この豪華な城は、聡子に難病を治してもらったと信じていた資産家が、寄贈してくれたものだった。見かけは凄《すご》いし、建物もよく出来てはいるが、土地はその資産家のものだ。借地となれば、広大な敷地があっても資産価値はない。

残る資産は、やはり金庫の中の現金だけだ。いくらあるのか調べるために、安寿はまず村を作る計画を持ちかけた。

過疎化の進む地域の土地を買い上げ、そこに自然村を作る。住むのは信者で、欲望から遠ざかった、まるで昭和初期に戻ったような生活をするのだ。

これまでもそういった趣旨のことをしている宗教団体はあったが、安寿が提案するのは、宗教色の強い信仰を強制されたものではない。

あえて不自由を楽しむといった、ライフスタイルの提案だ。嫌になったら、元の生活に戻ればいい。気に入ったなら、現世の欲望から遠ざかり、村で静かに老いていけばいいのだ。

もちろんこんなものが、安い値段で出来る筈《はず》はない。そこで安寿が提示した金額は二百億、高層ビルが建てられる金額だった。

果たして金庫に、それだけの金はあるのだろうか。

それとも安寿は、四年前から騙《だま》されっぱなしで、本当は一億程度の金もないのかもしれない。一日にいくらぐらい金が集まるのか、幹部の誰も知らないのだ。他の幹部に集めた金額を教えることは、違反とみなされるからだった。

教団となってから二十年、メディアに晒《さら》されなかったのは教祖の質素な暮らしぶりにもよる。まず高級外車に乗ることもなく、この本部からほとんど出ることはない。

食事も質素で、玄米と野菜中心の総菜で三食、それ以外の贅沢《ぜいたく》はしなかった。着ているものも麻の作務衣《さむえ》で、正月と女神である聡子の聖誕祭にだけ、異国の衣装のような、おかしな法衣《ほうえ》を纏《まと》った。

「それよりヤスヒサ君、女神がね、どうやら病に陥ったらしい」

「……何ですって？」

「お手かざしの神技を、やれないようだ」

安寿は思わず周囲を見回してしまう。幸いなことに、この部屋にいるのは二人だけだった。生き神が病になったなどと知られたら、その手で奇跡を起こすことを売りにしているのに、商売あがったりじゃないかと、安寿は残酷にも考える。

かつてロシアがソビエトと呼ばれていた時代、ソビエト政府は躍起になって超能力研究をやっていた。その時に、手から特殊な電磁波を発した人間の報告事例がある。

その程度の能力が、聡子にはあるのではないだろうか。それがたまたま何人かに、電磁治療のような効果を発揮したのだ。

聡子の能力が本物かどうかなんて、今ではあまり意味がない。一度奇跡が起これば、それを繰り返し宣伝材料に使うだけだ。特に聡子の場合、最初にこの土地の所有者である資産家を治したことになっているから、それだけでも十分だ。

重要なのは、効果なんてどうでもいいから、信者に向かって本物らしくやれることだった。

「どこを患われておいでなのでしょう?」

「……心がね、病んでいる」

安寿はぷっと噴き出しそうになったが、必死で堪《こら》えた。

そんなこと最初から分かりきったことだ。心を病んでいなければ、こんなインチキ宗教の教祖なんてやっていられない。せいぜいスプーンを曲げるとか、リモコンなしでもテレビが点《つ》けられるぐらいの能力しかないのに、ここまで神のふりを続けられたのは、病んでいなければ出来ないことだろう。

「神を救えるものは……ありません。どうされるのですか、厚成様」

そこで教祖は、じーっと安寿のことを見つめ始めた。

クソ爺《じじい》と、安寿は内心苛つく。さすがの安寿も、この天然としか言いようのない教祖だけは、どうにもその考えが読めない。

「欲望は……みんな捨て去るべきだ。持っていると、苦しみは増える。家、家族、金、そして性欲。女神はね、私の子供じゃない。養女なんだ」

いつになく教祖はまともだ。何を考えているのか分からないような、おかしな譬《たと》え話などしない。教祖は未婚らしいから、養女の話も本当だろう。けれどこの親子は、神秘性を増すためか、そういった現実的なことはいっさい隠している。

「女神は……普通の女であってはならない。神聖なものでなければいけないんだ」

そんなことは卑弥呼《ひみこ》の時代からの定説だろう。けれど巫女《みこ》達の中には、神聖さをかなぐり捨てて欲望のままに生きた者もいる。何ならこの場で、講義してやろうかと安寿は思う。

ここにいるのは、みんな愚か者ばかりだ。まともに宗教の知識を持っている人間なんて、一人もいない。イスラム教とキリスト教の神が、本来は同じ神だったことすら知らないし、仏教の代表的な宗派がいくつあるのかも知らない。

教祖も本当はよく知らないのだ。それを誤魔化すために、あえておかしな話し方をするようになったのだろう。

だから淀《よど》みなく宗教観まで語れる安寿が、楽々幹部になれたのだ。安寿に宗教的な質問をされても、ほとんどの幹部が答えられない。そうなると彼らは、安寿に先を譲るしかなくなってしまうのだ。

「ヤスヒサ君は、ここに何を捨てに来たんだね？」

教祖に訊《き》かれて、安寿は淀みなく答える。

「欲望です……自分で言うのも恥ずかしいのですが、このような容姿のせいで……幼少期からいろいろと不快な目に遭ってまいりました。欲望のない世界があったらと思っていたところに、この教団の教えを知りました」

伏し目がちに安寿は答える。

まぁ、半分は当たっているが、事実は欲望に目覚め、恋人の地位をついに手に入れた九馬と、かなり変則的な愛情関係を結んでいた。

「そうか……だが教義は、正式な結婚は認めている。本来ならすべての信者は出家し、欲望を捨て去るべきだが、子を生《な》し、育てることは人の最低限の営みだ」

「私は、いずれ出家するつもりでおりました。生涯、神と共にだけありたいと思います」

地下にいくらあるのか、それさえ分かれば、すぐにでも行動に出る。そしてここから出家ではなく、家出してやろうと思っていた。

「……聡子と……結婚してはくれないだろうか」

「えっ？」

思わず演技するのを忘れてしまった。それくらい教祖の言葉は、あり得ない冗談に聞こえたのだ。

「何とおっしゃいました？」

「女神ではない。聡子と結婚してくれないかと言っている。聡子はどうやら、自分の立場も忘れて、ヤスヒサ君に恋してしまったようだ」

「はっ？」

四十は過ぎている、百キロはあろうかという女だった。

欲望を捨てていたら、あんな体にはならない。教祖のように粗食だったら、あそこまで太ることは不可能だ。

ほとんど人前に姿を見せないが、若い頃の写真を見ると、まだ痩《や》せていて美しさもそこそこあったのに、今は贅肉《ぜいにく》の塊になってしまっている。食事の贅沢は蔑《さげす》まれる行いだが、聡子は欲するままに食べているのだろう。

「ヤスヒサ君が女神と結婚したら、生まれてくる子は次代の教祖だ。ヤスヒサ君は教祖の父であり、女神の夫、男神になれる。そうなれば、誰にも遠慮せずに、村を自由に作れるよ」

安寿は笑いを堪えるのに苦労する。

若い信者には、性欲を捨てろと教えているくせに、自身は金を餌《えさ》にして、娘の婿を釣ろうとしている。教義に従うなら、聡子は生涯独身を貫くべきではないのか。

ここでどう答えるべきだろうか。金庫を開いて、中身を見せてくれるなら考えてもいいと言うべきか。そこまで露骨ではまずいなら、うやむやなまま、悪くは思っていないふうを装って、まずは信頼を得るべきかもしれない。

けれど安寿にも、やはり耐えられる限界というのはある。聡子の姿は、特別なお手かざしの儀式の時に何度か見た程度だが、あの女に手でも握られたら、本性を現して殴り倒してしまうかもしれなかった。

こう見えて安寿は、人間を外見のみで判断はしない。嫌いなのは、その心根まで外見に相応《ふさわ》しくなってしまった人間だ。

医師の継父に世話した女は、外見は確かに美しくはない。けれど頭のいい女で、自分の分というものをわきまえていて、実に謙虚だった。

だから安寿は彼女を信頼し、わざわざ継父にプレゼントしたのだ。そして今でも、彼女とはほどよく連絡をし合っている。

もし継父が死んだ途端、財産はすべて自分のものだと主張するようだったら、たいした玉だったなと苦笑いくらいはするだろう。

そのまま静かに引き下がるようなら、相応のものを分け与えてもいい。彼女が本当に賢ければ、安寿を敵に回すより、従順に仕えたほうが得だと分かる筈だ。

聡子は愚かにしか思えない。自分達の暮らしを支えているのは教団であり信者だ。教え導くべき者が、教義に反して自身の欲望を優先してどうするのだ。

これが最初から詐欺師集団の仕組んだもので、大がかりなフェイクだったらいいだろう。聡子は女神役をやらされている、ただの詐欺師なのだから、醜い外見もいっそ相応しい。

だが聡子は、これまで本当に自分が女神だと思っていたのではないか。演じてきた訳ではないだろう。

考えてもこの場で結論は出ない。安寿は俯《うつむ》いて、考えている時の顔を教祖から隠すしかなかった。

「驚いただろうな……。私も、困っている。私が死んだ後で、聡子の面倒を見てくれる者が必要だとは思うが、ヤスヒサ君はまだ若いし」

教祖はそこで、卑屈な目で安寿を見る。女神から求婚されたのだ。真っ当な信者だったら、感動のあまりこの場で這《は》い蹲《つくば》って、教祖に感謝の言葉を述べるだろう。

けれど安寿は何もしない。口元を軽く歪めて、ただ考えているだけだ。

婿になれば、二百億が実に簡単に手に入る。

四年、貴重な時間を費やして、金庫の近くまでやっと来たのだ。その甲斐あって、見初《みそ》められてしまったらしいが、その運をそのまま生かすべきだろうか。

いや、無理だった。

安寿は九馬が手にする、シルクのスカーフを思い浮かべる。

手で締められるのも好きだが、シルクのつるつるした感触も大好きだ。九馬は巧みに絞めてくれるから、気を失う寸前にいくことが出来る。

ぼんやりとした意識が戻ると、いつも九馬の腕の中にいる。そして安寿は、九馬に向かって『愛している』と言う代わりに、『今日も殺してくれなかったんだな』と言うのだ。

九馬にこの話をしたら、きっとこう言うだろう。

『安寿は、たかが二百億なのか』と。

そうだ、俺はたかが二百億の男じゃない。今回は失敗したが、いずれそれくらいの金は作り出してみせると、安寿は腹を括《くく》った。

もうここに用はない。悔しいが、想定外の事態が起こってしまった。安寿の計算違い、読み間違いだ。

「私よりも、カズオさんのほうが、ずっと女神様の連れ合いに相応しいと思います。私は入信してたかが四年目。まだまだ魂の浄化も足りないですし……」

「誰でもいいというものではないんだ。聡子は、ヤスヒサ君は天上界の絶対神が、かりそめの姿で現れたのだと思っている。私も時々、そんな気がしてたまらないのだよ。ヤスヒサ君のように優れた人間が、そういるものではない」

金で釣れないと思ったら、今度は信仰で釣るつもりらしい。呆《あき》れたけれど安寿は、悲痛な顔をして教祖から後退った。

「いえ、そんな、とても恐れ多い話です。私には……とても」

そのまま安寿はエレベーターに向かわず、非常階段へと進んだ。エレベーターに閉じこめられたりしたらたまらない。それなら自分の足で、さっさと出て行くほうを選ぶ。

「し、失礼します」

ドアを開いて外に出たら、悲鳴のようなものが聞こえた。けれど安寿は振り返ることもせずに、そのまま非常階段を駆け下りた。

こうなったら誰にも気付かれないように、ここを出て行くしかない。

「あーあ、貴重な時間を返してくれよ。ただ働きしちまった。働いたこともない俺が、無料奉仕だぞ」

軽快に階段を駆け下りながら、安寿はついに遠慮無く笑い出した。

毎日、毎日、札束を無造作に束ねて、教祖は地下室に持っていく。そして月に一度、月末に千円札と硬貨で光熱費や食費などすべての支払いをした。

会計を任されている信者は大変だ。銀行に金を預けることもなく、カードで支払うこともないから、必要な経費があれば教祖に貰《もら》うまで立て替えないといけない。領収書を出せば支払ってくれるが、すべて細かいお金だ。

幹部になると一応給料が出るが、その金額は最低賃金にほんの上乗せした程度で、残業代も交通費もないし、もちろん経費も認められない。

それでは食えないとなると、宿舎に泊まることを許される。ただし食事は教祖と同じ粗食だ。貸し与えられる布団は薄っぺらく、一年中、作務衣で過ごさないとならないが、それでも宿舎は手狭になりつつあった。

安寿も給料を貰っている。千円札と硬貨で支払われるから、たっぷりと膨らんだ給料袋になるが、それを安寿はそのまま寄進した。

そうやって生かされる小銭達はいい。万札はそのまま死体安置所のような金庫に直行だ。あの教祖だったら、自分の遺体は札束で燃やしてくれと言いそうだ。もしかしたら本当にそうするつもりで、札束を集めているのかもしれない。

外に出ると、騒然とした雰囲気になっていた。どうやら出て行ってしまった安寿のことを、皆で探しているようだ。

見つからないように出て行くのは得意だ。植え込みに隠れ、裏から出て行こうとしたら、糸居がすでに待ち構えていた。

「厚成様が探してるぞ。話の途中で抜け出すなんて、失礼じゃないか」

「……階段で時間をロスしたな」

そう呟《つぶや》くと、糸居が笑い出した。

「尻尾を出したな、この狐野郎。俺には分かってたよ、教団の金を狙って送り込まれたんだろう？　どこの組織だ？」

「……いや、そんなことはありません」

「とぼけなくてもいい。それより……何で逃げるんだ。どうやら聡子様は、おまえに夢中らしいぜ。教団内で撮影したおまえのビデオや写真を、毎日眺めてため息吐いてるそうだ」

どうりで最近、寒気がすると思ったら、それが原因だったんだくらい言ってやりたかったが、安寿はわざと怯《おび》えたような顔を作る。

「売れない俳優か？　または借金まみれのホスト、いやヤクザの女に手を出したのかな。やつらに使われてるんだろ？」

糸居は得意そうに自分の推理を口にしているが、安寿は呆れるばかりだ。

東大の大学院在学中、資産はすでに何十億もあり、継父は遊技場関連の大物という安寿の本当の姿を知ったら、糸居はどう推理を変えるのだろう。

それとも糸居には、確信を持てるだけの何かがあるのだろうか。

「ホームレスのじいさんに株を教えて、稼いでたそうじゃないか。組織に上納してたって？」

糸居の言葉で、すべて納得した。どこかで糸居は、かつて安寿が駒として雇っていた山田《やまだ》老人から話を聞いたのだ。偶然、糸居と一緒に歩いているところを、見られたのかもしれない。

山田老人は酒代でも手にしようと、糸居に近づいたのだ。

つまらないところでミスをした。けれどそのおかげで、糸居が誤解してくれたのは救いかもしれない。自分と同類と思ったせいか、糸居は本音を晒してくる。

「どうだ、おまえの正体を黙っていてやるから、いっそ婿入りしろよ。そうすれば……好きなように教団の金を動かせる」

やはり糸居も同じことを考えている。これまでも糸居は、教団に寄進された金を巧みに抜き取っていたようだ。そうでなければ、他に仕事もないのに、高級車に乗ったり、いいスーツを着てブランド物の時計をしたりは出来ないだろう。

生家が金持ちのようなことを言っているが、信者は幹部となっても、身元を深く詮索《せんさく》されるようなことはない。だから信者の中には、かなり胡散臭い人間も混じっていた。

自身の利欲に走っている糸居にとって、自分と同じように教団から金を抜く人間は邪魔なだけだろう。そのせいで、いい意味で糸居はこれまで監視役を引き受けていたのだ。

安寿のことも疑っていただろうが、貰った給与ですら全額寄進してしまう。学生ということで、働いてもいないのに困った様子もない。金持ちの息子なのかと普通は思うところだが、逆に糸居はヤクザが送り込んだ人間だと思っていたようだ。

「何をおっしゃってるんです?　誰かと人違いされてるようですが。それに僕なんかより、カズオさんのほうが、ずっと聡子様のお相手として相応しいと思いますが」

「ああ、そう思って、俺も努力はしたけどな。どうやら、俺程度の顔じゃ、選ぶ気にもならないらしい」

こんなに赤裸々に本音を語ってしまっていいのだろうか。安寿が不審に思い始めると、糸居のほうからさらに語り始めた。

「マルチ商法なんかより危険は少ないし、カルト教団は儲かるぞ。組織とは上手く手を切って、俺と手を組んでやらないか?　女神も教祖も、頭がおかしい。このままじゃ教祖は、あの金を燃やしかねないぞ」

糸居もそこに気がついていたのだろう。だが安寿は、あくまでも分からないふりをして、怯えたような顔を崩さなかった。

「さっさと教祖のところに戻って、聡子の機嫌を取ってこいよ。多少、頭は切れるようだが、おまえの売り物はその顔だけなんだろ?　ああ、それとあっちのほうもか?」

にやにやと笑って、糸居は安寿の全身を目で犯す。

「ぼ、僕は、そういった欲望から、逃げるためにここに来ました。なのに……結婚とか無理です。これで失礼いたします」

あくまでも正体を現さない安寿に、糸居は慌てて行く手を阻もうとした。けれど安寿は巧みにその脇をすり抜けて逃げ出す。

糸居は詰めが甘い。安寿がどうしてこんなに短期間に信者の信頼を集め、先輩達を追い落とすことが可能だったのか、冷静になって考えれば、こんな愚かな本音の吐露など行わなかった筈だ。

安寿がいくら特別な頭脳を持っているといっても、一万人を超える担当信者の個人情報を、すべて覚えられるわけではない。だから安寿は、相手と対面する時に必ず会話を録音する。そのための機器を、常に持ち歩いていた。

「あの男も終わったな……」

糸居を追い落とし、安寿も消えたら、教団の崩壊が始まるだろう。教祖にはもう指導力はないし、まとめ上げる力もない。

糸居が居場所を教えたのか、揃いの作務衣姿の信者が、鬼気迫る形相で安寿を捜している。それを躱《かわ》して逃げるのには、思っていたより手間取った。

その夜、遅く帰ってきた九馬に向かって、思わずぶち切れてしまった。

「おせーよ」

「……何かあった？　あったな、その顔は」

「百億がぱぁーっだ。くっそっ、四年も掛けて、あそこまで入り込んだのに」

九馬の顔を見た途端に、これまで耐えてきた苛立ちが一気に爆発した。安寿は立ち上がり、九馬に近づいたものの、その胸ぐらを摑《つか》んで激しく揺さぶっていた。

「許せるかっ、この俺が失敗したんだぞ。四年も無料奉仕になっちまったんだ。どうすんだよ、どうすりゃいい」

「落ち着け……たった百億じゃないか。元々、よそから奪おうなんて考えるからいけないんだ。株では特別な能力があるんだから、地道に自分で稼げよ」

「嫌だ……そんなことして金は欲しくない。いつも言ってるだろ。死んだ金だから奪いたい。それだけさ」

「何、ガキみたいにマジ切れしてるんだ？　何があった？」

何も考えたくないから、いっそこのままセックスしたい。そう思ったけれど、九馬はそれを許してくれそうもない。じっと見つめられて、安寿は渋々告白した。

「女神様の婿になれだとさ。どうする、九馬。何百億あるか分からないが、金のためにこの体売るべきかな」

「無理なことは分かってるだろ。それに……こうなることは予想が出来たんじゃないか？」

「欲望を捨てるのが教義だぞ」

「捨てられないから、神に縋るんだ。病気を治して欲しいと思うのだって、生きたいって欲望だろ。相手の欲望に応えて金を貰う。それでは教義と矛盾だらけだ。女神が安寿に発情したのだって、特別な理由をこじつけるだけさ」

九馬は安寿を落ち着かせようと、じっとして立っている。その落ち着き払った態度を見ていると、安寿も少しは落ち着いてきた。

「それとも、女神と結婚したいのか？」

無表情で言われて、安寿は九馬の肩に思い切り頭をぶつけた。

「嫌だ、絶対に嫌だ。そんな目で見られていたと思うだけで、気持ち悪い。もう二度と、あんなところには行かない、行きたくもない」

「そうだよ、それでいいんだ。焦りすぎたんだ、安寿」

「俺はミスったのかっ。くっそー、俺ともあろうものが、ミスしたって？　ああ、くっそー、もう自分で自分が許せないっ」

思い切り吐き出しているうちに、どんどん安寿は冷静になる。九馬はそんな安寿を自分に引き寄せ、諭すように言った。

「人間はとんでもないことを考えるって、俺はいつも言ってたよな」

「ああ、とんでもないよな。女神扱いされていて、何が不満なんだ。二十近く年上のくせに、この俺と結婚したいだなんて」

「教団の奥にいて、現実を一切見ていないんだ。何でも思うようになってきたから、結婚相手を手に入れるくらい、簡単なことだと思ってる。むしろ、安寿に目を付けたのが、遅すぎたくらいだ」

一般信者と聡子が会うことなど、お手かざしの儀式以外にはない。安寿の存在に気がついたのも、出世して幹部になったからだ。だから今頃になって、おかしなことを言い出したのだろうが、安寿はこれまで無事だったので、聡子にはそういう欲望はないのだと思っていた。

「安寿、大人しくしていたら、自分がどう見られるか、もう何度も学習しただろう？　みんな簡単に騙されて、安寿を天使か何かみたいに思うんだ」

「天使だよ……名前がアンジュだから」

九馬の首に腕を回し、安寿は誘うような目で九馬を見つめる。

「いいや、安寿の中身はただのこそ泥さ」

「ひどい言い方だな。こそ泥って、言葉のニュアンスからして古くさい。九馬、酷い侮辱だ。俺は、教団から狙われて、怯えているっていうのに……」

大げさに言う安寿を、九馬は無表情に見つめるだけだ。

騒ぎたいだけ騒げば、安寿がすっきりしてしまうのを九馬は知っている。そしてすっきりしてしまったら、次の手を考え出すのも知っていた。

「どうせ諦《あきら》めるつもりはないんだろ？　だけどこれまでのようにはいかない。相手は信者を何万人と抱えた神様だ。諦めさせるのに、おかしな手は使えない」

「九馬……俺を慰めるの、忘れてないか？」

「自分で始めたことが、思うようにいかないからって、そうやってだだこねるな」

七年も一緒にいると、九馬も安寿に盲従するようなことはない。気がつけば九馬は、何かと口うるさい父親のような態度を時々とる。

「あーあ、そうか。それであの時……」

安寿が突然、勝手に納得したのを見て、九馬は怪訝《けげん》な顔になる。

「どうしたんだ？」

「ふふん、俺が人間を知らないってのは、どうやら本当らしいな。どうしてあの時、九馬があんなことを言い出したのか、今頃になって気がついた」

「何の話だ？」

「そうか……九馬は、俺のパパになるつもりなんだな」

「パパ？　俺のほうが、四ヶ月年下なんだが」

四月生まれの安寿と、八月生まれの九馬だ。確かに、安寿のほうが僅かに年上ではある。けれどそんなことは、ほとんど気にもならない。

「そうか、吉村《よしむら》をあそこまで遠ざけたかったのは、九馬がパパになりたかったからだ。そうなんだろ?」

九馬は答えない。それは正解だったからだと安寿は納得した。

「俺は誰も愛せない。きっと心から愛せるのは、幻のパパだけだって九馬は思ったんだ。そうだろ?」

「……」

「そのとおり、俺は今でも、どこにもいないパパを探してる、哀れな子供さ。九馬、それに気がついたんだな」

「自己分析はそのくらいにしておけ。安寿にとって、それはあまり得意分野じゃない。自分を探そうなんてしたら、混乱するだけだ」

自分探しなんてしたこともないし、したくもない。自分のことなど考え出したら、限りなく混乱していくばかりだからだ。

でも、自分が父親を求めていることは分かっている。きっと男というものは、父親から男として生きる規範を学ぶのだろう。父親が不在だったら、親戚とか兄弟、教師や先輩から男とは何かを学んでいくのだ。

だが安寿には、そんな男はいなかった。幸い巡り会えた吉村も、結局は安寿を欲望の対象としてしか見ていなかった。

唯一の父的な存在が九馬だったと、安寿は今更のように気がついたのだ。

「九馬、失敗した。百億がパーだ。あの女が、俺に惚《ほ》れるなんて想定外だった。悔しくて、胸が潰《つぶ》れそうだよ、九馬、助けてっ」

安寿は突然自分が、七歳の子供に戻ったような気がした。

自分のことを虐《いじ》めた四年生を、塾の帰りに襲った。まず後ろから忍び寄り、頭に大きなビニールを被せて押し倒し、思い切り殴りつけたのだ。

何もかも一人でやった。家に帰ってから、殴る時に傷ついた手を、自分で消毒して絆創膏《ばんそうこう》を貼った。

本当は泣きたかったのかもしれない。

なのに泣けなかった。

だから自分を落ち着かせたくて、継父の部屋に忍び込み、高級時計のロレックスをおもちゃの時計と入れ替えた。

時計はあまりにも増えすぎて、キュマの腹の中には収まりきらず、安寿はそのために新しい箱を用意しなければいけなくなったのだが。

「落ち着け。村の開発計画を、もう一度だけ持ちかけてみればいい。今度は一人じゃなく、吉村と行くんだ」

九馬は安寿を落ち着かせようと、そっとその体を抱きしめ、背中をさすりながら言った。

大きな建設計画なんて、安寿には難しい。そこで安寿は、あの倒錯した夜以来、表面上は和解した吉村を誘ったのだ。

安寿に依頼されて、吉村は名誉回復のチャンスだと思ったのだろうか。それともまたあの夜のような展開になって、安寿に虐《しいた》げられたいと思っているのだろうか。

村一つ、作り上げる計画を、吉村は見事に書面にしてくれたのだ。

吉村が村開発のための会社を立ち上げ、土地の造成から建築まで、すべて進める。けれどその合間に、教団から実際に掛かった金額以上の金を抜くつもりだった。

「吉村パパと？」

「自分は信者の心の平和のために、心血を注いでこの計画を立てた。それが頓挫《とんざ》するのなら、もう教団にいる意味はないって脅せ」

「……聡子はどうするんだ？　俺を諦めないぞ」

「諦めないのは、あっちの勝手だ。一言でも、結婚する気があるようなことは言うな。婚約でもしてなけりゃ、向こうがどう思おうと安寿には関係ない」

すとんと何かが落ちたような気がした。

九馬に話した途端に、すべてが解決したような気がする。なぜか分からないが、安寿は安心出来たのだ。

「九馬、ありがとう、落ち着いた」

「……ああ……本当に失敗した時は、俺が殺してやる。だから……安心してろ」

「ん……そうだったな……九馬が殺してくれるから……何も悩むことはないんだ」

きっと九馬は、セックスの時にさりげなく安寿を殺すのだろう。最後にいく瞬間、いつものように手加減せず、一気に絞めてくれるのだ。

「何か、百億もどうでもよくなってきた。九馬、次の新しい計画を立てよう」

安寿は深呼吸を繰り返し、窓の外に視線を向ける。

そこにネオタワーはあったが、残念なことに日本一の高さは、大阪《おおさか》に出来たビルに奪われてしまっていた。

「あそこの最上階のオフィス、入ってるのはどこだ？　すぐに追い落とす作戦を練ろう。その後に、俺達が入る。一社を傾かせるのに、どれくらいかかるかな」

泣いていた子供が、キャンディ一つで微笑むように、安寿の気持ちはころっと切り替わった。

「俺もそろそろ、手持ちの金を綺麗にしなくちゃいけない。五十億、貯まっただろ。教団の村用に押さえていた土地がある。あそこに野菜工場を作るかな。九馬の会社で、派手に求人しよう。離職経験者、ニート、入院履歴あり、そういったハンデを大歓迎にする」

「いきなりそれか。やっと可愛《かわい》くなったと思ったら……」

九馬はまだ未練たらしく、安寿の体を抱きかかえている。だがもう安寿の脳内は、次の事業計画で派手に動き出していた。

「死んでる金の次は、死んでる人間だ、九馬」

「えっ?」

「働きたいのに、仕事のない人間が溢《あふ》れてる。人間関係にストレスを感じ、上手く社会に迎合出来ない人間だ。彼らの中にも、十分に使える人間はいる。山奥の野菜工場だって、駒を使うのと同じだ。職住を保障し、ストレスのない環境を整えれば、上手く動かせる」

「安寿……それはとてもいいことのように思えるが、当然、おまえ、自分じゃ何もしないんだろ?」

言われて安寿は頷《うなず》く。

「当たり前だ。俺が人並みに働くと思ってるのか?」

「教団で、人事のこつは摑んだだろ」

「騙すテクニックなら身につけた」

「それは生まれつきだ」

ただでさえ忙しい九馬に、結局は押しつけようとしている。けれどそれが安寿なのだ。九馬は呆れただろう。けれど安寿が言い出したら聞かないというのも、九馬は分かっている。

「損失を出さない程度に、会社を運営していこう。そのうちに、農業投資ファンドだ。タンスに眠ってる死んだ金達を引き寄せる」

「よせ、それは下手すると詐欺になる」

「利益をあげて換金出来れば、詐欺じゃない。とんとんにいけばいいし、少しのマイナスだったら、被害だと騒がれないさ。金は、使われたいものなんだ。だから意味のない宗教にも、あれだけの金が集まる。食糧自給率、就職難、その二つが同時に解消する素晴らしい取り組みだと宣伝すれば、眠ってる金も目を覚ます」

　そしてネオタワーだと、安寿は再び窓の外に視線を向けた。

「安寿、どうしてもネオタワーじゃなきゃ駄目なのか？　いつか自社ビルを建てればいいじゃないか。拘《こだわ》りすぎてるのはおかしい。もしかしたらおまえ、ここで死んだ男に取り憑《つ》かれているんじゃないかって思えるんだが」

「……」

「それがなければ、どうしても幸せになれないのか？　俺は安寿を手に入れ、仕事も手に入れ、家族も十分に養えている。何もかも安寿のおかげだと感謝しているが、だからこそ安寿にも幸せになってもらいたい。今のままじゃ、駄目なのか？」

　安寿は返事に詰まった。

　幸せになるって、どういうことなのかが分からない。欲しいものを手に入れれば、それでしばらくの間は幸福な気持ちらしきものになれるが、そんなものはすぐにまた消えてしまう。

次の計画を練って、そのために動いている時間が、もしかしたら一番楽しい時間なのかもしれない。実現した途端に、まるで夢から醒《さ》めたようにすべての輝きは消えてしまう。

ネオタワーを手に入れたって、きっと安寿は満たされないままだろう。

「幸せが分からないんだ」

「それじゃ安寿……別れようか」

「えっ？　何を言い出すんだ。九馬は、俺を殺すまで側にいてくれるんだろ」

「そんなことはいつでも出来る。会社の経営は、そのまま続けてもいい。だけど、この家にはもう二度と来ない。プライベートでも会わない」

「いきなりどうしたんだ」

またもや九馬がキレている。けれど今回は、安寿は自分が九馬に対して、何一つ手酷いことをしていないという確信があった。

だからこそ分からない。

九馬は抱いていた安寿を離すと、窓の側に近づく。そしてネオタワーをじっと見つめた。

「俺がいても、安寿は幸せになれない。だったら俺は、ここで何をしてるんだ？」

「九馬、問題を混ぜっ返すな。それとも俺が、九馬がいればそれだけで幸せとでも言えば、それで満足なのか」

「そうだよ。だけど俺は、あの無機質なネオタワーより価値がなく、教団の金庫に眠る金よりも、安寿の気持ちを高ぶらせることが出来ないらしい。黙って、ひたすら後をついてきたが、それだけじゃ駄目だったんだな」

　これは九馬なりの作戦だ。恋愛のテクニックというやつだろう。別れようと言い出せば、相手は必死になって縋り付く。そうして自分の気持ちを再確認させ、新たに相手を縛り付けてしまうのだ。

　教団だってその手は使う。あなたのような人には、もう何も語ることはない。神の慈悲は公正ではあるだろうが、私達はあなたにもう手は差し伸べないと脅すのだ。

　すると改心した信者は、新たな寄進を包み、頭を下げてくる。ぜひもう一度、信者として教会に来ることをお許しくださいと。

　九馬は本気じゃない。そう思っているのに、どうして不安になるのだろう。

「俺は自惚《うぬぼ》れてた。安寿を分かるやつなんて、そうはいない。俺だけだと思ってきた。だから安寿を幸せに出来るのも、俺だけだと思っていた。教団の金を抜いて、それで満足するならいい。それは世間じゃ泥棒って言うが、所詮《しょせん》、死んだ金だ。まぁ、許してやるが……」

　そこで九馬はほっとため息を吐き、息で曇ったガラスをこする。ガラスに映った九馬の顔は、とても悲しげだった。

「所詮、俺も安寿にとっては駒なんだな」

「新しい事業をやるのが嫌なのか？　だったら、人材を見つけ出す。九馬にこれ以上、負担はかけない」

「そういう問題じゃないんだ。安寿……おまえの一番嫌いな言葉を言ってやるよ。俺は、安寿を愛してるんだ」

それは確かにこの世の中で、安寿が一番聞きたくない言葉だった。

九馬がそれを口にした途端、すべての関係が危うくなってしまうような怖さがある。だからこそ九馬は、愛しているの代わりに、俺がおまえを殺してやると言ってくれていたのではないか。

「どんなに愛したって、俺は安寿の父親にはなれない。そんなものになりたくもない。安寿が父親を知らないのは可愛そうだと思うが、それは別のもので埋めていけばいいだけだ。俺をパートナーとして認めているなら、父親なんか求めない筈だ」

とつとつと話す九馬を前にして、安寿はパニックに襲われる。九馬を失うなんて、安寿にとっては考えられないことだった。

いい加減にしろと、冷たく突き放せばいい。なのに安寿には、それすら出来ない。

「愛なんて分からない。幸せも知らない。そう言うんなら、女神と結婚でもすればいい。そうしてまた不幸な人間を、自分の周りに増やしていけばいいんだ」

「九馬……どうしたんだ。俺には、何で九馬が怒るのか分からないんだ」

「いつもそうだ。安寿は何も分からない。だったらそれでいい。おまえがその気になれば、親身になって働いてくれるやつはすぐに見つかる。人の心なんて分からないくせに、安寿には人を惹《ひ》き付ける能力だけはあるんだから」

「まさか本気で怒ってるのか？」

「怒ってないさ。悲しいだけだ。時々、どうしようもない気分になる。これ以上、安寿に何を求めるんだ？　そう思うのに、やりきれない気分になるんだ。慰めを期待してただろうに、すまなかった」

そのまま九馬は、部屋を出て行こうとしている。安寿はそこで引き留めるべきだろうが、何もせずにただじっとその背中を見送った。

そして九馬が出て行くと、いつものように改造銃の引き出しを開いた。そして分解と組み立てを意味もなく繰り返す。

「何が気に入らないんだ？　忙しいのは嫌なのか？　デートでもしたかったのか、九馬」

そういえば九馬と、まともなデートなどしたことは一度もないことに気がついた。だがまともなデートとは、そもそもどういうものなのだろう。二人でいて楽しければ、それでいいじゃないかと思ってしまう。

「さっぱり分からない」

分かっているのは、今夜は九馬がいないということだけだ。

だが、九馬がいない夜なんて、これまでも何度もあった。今更、それを悲しいなんて思うことはない。

「やりきれないとか、虚しいとか……何なんだ。いつも一緒にいるじゃないか。セックスもして、一緒に飯も食って……金だって、俺は九馬に好きなだけ使わせたのに」

集中力が途切れたようだ。分解したものの、上手く組み立てることが出来ない。完成すれば殺人も可能な凶器となるが、分解されたままではただの鉄くずだった。

「九馬がいないと、俺はただの鉄くずなのか？」

ふと、そんな気がした。

「ただの泥棒じゃない。株は多少の違法性はあっても、正規の取引だ。身内の金を取るのは、単なる相続の問題だし……。これからだ……これから本格的に、起業して金を集めるって時になって、何なんだ」

ではいくら金があったら、自分は満足するのだろうと、安寿は考える。例えばここに二百億あり、九馬と引き替えに渡すと言われたらどうだろう。

「九馬を取るに決まってる……。何枚あっても、所詮、金はただの紙だ」

九馬が変わらずに側にいてくれたら、安寿は満足出来るだろうか。満足出来るような気がしたが、それが愛するということとどう結びつくのかが分からない。

「いいさ、考える時間はいくらでもある。それより農業ファンドの計画を練ろう。いいじゃないか。人間は食べるものに関しては鷹揚《おうよう》だ」

だが素晴らしい思いつきも、聞いてくれる相手がいないとどうにも現実味が失せてしまう。

これならまだ株の動向で、頭を働かせているほうが現実的だ。

いつものように市場の動向を見ようと、銃もそのままにパソコンを開いたけれど、今度は数字がいつものように頭にすんなり入ってこなくなってしまった。

「どうしたんだ、俺は？」

一人で傷を消毒し、絆創膏を貼っていた夜を思い出す。七歳の子供にとって、それはかなり辛《つら》い経験だったが、安寿は決して辛いとは認めなかった。

自分は特別なのだ。特別な人間は、そんな些末《さまつ》な感情で、動揺してはいけない。幼いながらも、安寿はそう自分を納得させたと思う。

なのに今はいい大人になって、どんなことでも耐えられるようになった筈なのに、今夜は一人になったことが重く心にのしかかってくる。

「明日になれば……戻ってくるさ」

セックスの好きな九馬が、何もしないで三日といられる筈がない。単純にそう思おうとしたけれど、やはり安寿は怯えている。

本当に必要なものを失った経験がない。もし今回が初体験となるのなら、痛手はどれほどのものなのだろう。

考えたくない安寿は、ついに何もかも放棄して、キュマを抱いてベッドに潜り込む。

「おかしいよな。悪いのは九馬だろ？　何が不満なんだ？」

ぬいぐるみは答えない。子供の頃は、勝手に脳内で答えが響いたものだが、残念なことに大人になってからは、何も聞こえなくなっていた。

眠りたくても眠れない。ベッドの中で、何度も寝返りを打った。こんなに悶々《もんもん》としているのなら、九馬に電話をすればいい。だが九馬の性格だったら、あそこまで言って出て行った以上、甘い返事を聞かせてくれるとは思えなかった。

何も手に付かない。

こんな経験は初めてで、安寿はベッドの上に起き上がり、カーテンも閉めていない窓をじっと見つめる。

窓からは変わらずにネオタワーが見え、屋上の赤いライトの点滅は、同じリズムを繰り返していた。

あんなものが欲しいのだろうか。

そこで初めて安寿は疑問を抱く。ここに来てからずっと、それだけに固執してきたが、あるいはここで死んだ男の恨みが、安寿に乗り移ったのかもしれない。

いつもはそんな非科学的なことを考えないのに、今夜はどうかしている。大切な秘密基地そのものが、色褪《あ》せたようにも思えてきた。

「自分を否定するなんて、あり得ない」

安寿はそこで声に出して呟く。

「俺が間違ってたのか?」

けれどどんなに声に出して呟いても、今夜はどこからも返事は聞こえて来ない。もしこんな状態がずっと続いたら、いつか自分を見失うのだろうか。

こんな時に、電話をしたい相手が、九馬以外に一人もいないことに安寿は気がつく。あえて孤高な生き方を目指してきたけれど、案外人の心はもろいものだと、孤独が身に染みた。

五日が過ぎて、安寿は九馬が本気だったことに気付いた。何もやる気が起きないまま、鬱々《うつうつ》としていたら、吉村から呼び出された。どうやら安寿と連絡が取れなくなったことに慌てた教祖は、吉村のほうに連絡してきたらしい。

安寿は久しぶりにちゃんとした服に着替え、吉村と待ち合わせたカフェに向かった。

「どうしたんだ？　珍しいな、安寿が窶《やつ》れてる」

会った瞬間、吉村に言われた。安寿は出がけに鏡を見てきたが、自分ではそんなに窶れたとは思っていなかったのだ。

「教団で何があった？　村の計画が流れたのか？　何だか幹部の中に、安寿のことをヤクザの回し者だと言いふらしているやつがいるらしいが」

「それはいいんだ。いざとなったら、対抗策は練ってある。それより……」

「女神が求婚してきたらしいな。何でも教祖が村の計画に反対したから、そのショックで安寿が出て行ったと思ってるらしい。自分のせいにしないのはさすがだ」

「……で、どういうこと？　村の計画はまた生き返ったってこと？」

二百億だか百億だかの話だが、安寿の気持ちは少しも高ぶらない。何か、もうどうでもよくなっていた。

「どうしたんだ、安寿。男に捨てられたのか？」

どうやらそのようだ。安寿が捨てたのではない。九馬が安寿を捨てたのだ。

「パパ、どうしてそう思う？」

「目が死んでる。いつもの安寿じゃない」

「ふーん、そうか……。ね、パパは俺に捨てられた時、どう思った？」

酷い捨て方をした筈だ。なのに吉村のことを滑稽《こっけい》だと、あざ笑っていた。その吉村が、今ではまた父親のように親しげにしてくれているのが、安寿には理解出来ない。

「安寿はブラックホールだ。何でも飲み込み、どんどん大きくなっていく。そう思った時に、自分の非力さが嫌になった」

「ブラックホール」

「安寿は満足を知らない。知能が特別高いから、何でも吸収する。そして次から次へと、新たな目標を見つけて駆け上がる。安寿がガキの頃は、素直に感心していたが、あの夜、底知れない恐ろしさを安寿に対して感じたんだ」

吉村は白くなった生え際を、染めたりもしていない。口髭《くちひげ》を生やしているが、それにも白いものが混じっていた。ぎらぎらしていたときよりも、むしろ今のほうが好ましい。吉村は安寿という憑き物が落ちた時から、いいように枯れている。

「俺では無理だと思った。彼も、そう思ったんだろう。七年か、八年？　同じ年なのによく頑張ったほうだ」

「パパ、喜んでる?」

「以前なら大喜びしただろうが、今は逆に心配だ。彼は安寿にとって、いい重しだっただろう。重しもない風船は、どんどん膨らみ、どんどん高く上って、しまいに破裂する」

安寿はそこでオレンジジュースを口にする。カフェのオレンジジュースはフレッシュで、果実が混入していて美味だった。

「ガキの頃から、どこに行ってもオレンジジュースだったな。それだけは変わってない」

「……何でだろう?」

「つまり安寿は、一つ気に入ったら、それだけあれば満足するんだ。金があっても、服や時計は買い漁らない。他人がどう思うかなんて、あまり考えないからな。目立つことは好きじゃないし」

吉村は安寿が思う以上に、安寿のことをよく分かってくれている。それを知ったのは、今日が初めてのような気がした。

「突然、キレるんだ。前触れもなくいきなり。俺はただ、新しい会社の話をしただけなのに」

「彼にやらせるつもりだったのか?」

「……俺は、本当は何も出来ないんだよ。人を使えない。九馬が俺の代わりにやってくれているから、これまで上手くいってた」

「それで感謝とか、愛情を示すとか、安寿はしないんだろうな」

安寿は長い足を組み直し、街行く人々に目を移す。

この世の中には、あんなに人間がいる。高校生までは、狭い学校内にいる人間だけでも、すべて消えて欲しいと思ったものだ。なのにその中から、たった一人が目の前で消えただけで、どうしてこんなにも悲しいのだろう。

「教団は村を作る気になってる。安寿、どうする？　今から、俺と教団に出向いて、その話を進めるか？　金を上手く抜く準備も出来てる。そもそも宗教法人は、税制面でも優遇されすぎてる。いいように脱税して作った金だからな。遠慮することはない」

「俺は、失敗してないんだ？」

「何を失敗したんだ？　女神に惚れられたことなら、上手く切り捨てろ。得意だろ」

吉村は自分が捨てられた場面を思い出したのか、口元を歪めて自虐的に笑った。

「俺なんかに惚れるやつは、みんな気の毒だ。九馬も俺から離れたら、きっと幸せになるんだろうな」

「どうかな。俺は、こんな形でも安寿との距離が戻って嬉《うれ》しいよ。安寿は秘密の宝物だ。手に入れようとすれば失うが、眺めているだけなら許される」

「ありがとう、パパはすっかりいいパパに戻ったね。そんなパパが好きだから、このままでいて欲しい」

さりげなく言えた言葉が、吉村を感動させたのだろう。吉村は下を向き、意味もなくパンツの皺を直している。

「九馬を不安にさせたんだろうか」

「またその話か。だったら簡単だ。彼に会えばいい。そして、恥ずかしいほどの告白をして、殴り合って、修羅場をやれよ。何なら、今度は俺が手伝ってやってもいいぞ」

「いいんだ、自分で出来る。それより、教団に行こう。やっぱり俺は、死んでる金をそのままにしてはおけない。あれは生かされるべきだ」

「半分奪って、それでネオタワーを買うのか？」

安寿はそこで首を横に振った。

「ネオタワーはいらない。自分のビルをいずれ建てる。その時はパパに頼むから、惚《ほ》けたり病気になったりしないでよ」

「強気だな。日本一、高いビルを建てるつもりか？」

「地下に射撃場があって、特製金庫の置けるビルならいい」

安寿は本気だったが、吉村は笑っている。またこれも安寿のジョークだと思われたようだ。

改造銃はどんどん増えていく。けれど実際にそれを撃つ機会はほとんどなかった。恐らくそれほどの危機に、一度も安寿は見舞われなかったからだ。

「パパ、自信喪失した時は、どうすればいいんだろう？」

「簡単だ。一番、得意なことを思い切りやればいい。それだけさ」

吉村は伝票を手にして立ち上がる。安寿は並んで歩きながら、吉村が自分とほとんど変わらない大きさだったことに気がつく。

いつも側にいてくれる九馬は、安寿より大きい。その陰に隠れるようにして、時には難を逃れてきた。九馬がいなかったら、安寿はどこかで改造銃を撃ったかもしれない。

「自分が得意とすることか。あんまりないな。いい人のふりをして、相手の隠している金を奪うくらいしか才能がないや」

「四人、父親がいて、その全員が安寿にそれなりの財産を残そうとしている。それだけでも強運だ。愛される才能だよ」

「そうか、それが才能なら、もう少しで危うく義理の父親になりそうな教祖からも、しっかり分け前を戴くことにするよ」

そうして得た金を、正しいことに使えばいい。そうすればきっと九馬も、安寿のことを認めてくれる。

ただ金が欲しいだけじゃない。ネオタワーももういらない。

まともなこともしてみせるから、どうかもう一度、初めての時のように俺を見てくれと安寿は願った。

教団に行くと、教祖がそわそわした様子で、安寿と吉村を出迎えた。そしてすでに安寿が提出していた村の計画書を手に取り、震える指でページを繰る。

「ヤスヒサ君、すまなかった。君の計画に賛同しなかったから、ここを出て行くようなことになってしまったんだと、女神に叱《しか》られてね」

「厚成様、本当に皆様にご賛同いただけたのでしょうか？　カズオさんには、何かおかしなことを言われましたが」

「……カズオ君は、君が泥棒しようとしているって言うんだが、私はそうは思ってないよ。みんながみんな、自分と同じことをしようとしていると思うのは、とても貧しい発想だ」

では教祖は、糸居がすでに金を抜いていることを知っていたのだ。どこまで天然なのか、したたかなのか、やはり安寿には分からない。

「私は、資産家の息子なので、教団の資産などなくても、十分に暮らしていけます。ただ私は、どうしても教団に集められた資金が、誰にも還元されないのが嫌だっただけです」

安寿は吉村を見つめ、話を進めるようにそれとなく促す。

ここに来るまでの間に、どうにかして今日中に、教団にいくら資金があるのか確かめるつもりでいた。

「教祖様、ヤスヒサ君の試算では、かなり大がかりなことになっております。まずは土地の買収、造成、建築となったら、恐らく二百億近い資金が必要となりますが、それが無理なら、最初から計画も練り直さないといけません」

吉村は巧みに話を進めた。建築デザイナーとして実績のある吉村の肩書きは、こんな時にはとても役立つ。実際に進めるとなったら、吉村がすべてを仕切ることにもなるのだ。

「……そうだね、お金だね」

「はい、教義では欲望を禁じているのに、ここに欲望の化身であるお金が集まっているのが信じられません。このまま封じ込めてしまうより、よりよい暮らしをしたい人達に、還元するというふうにはお考えにならないのですか?」

「私は……貧しい家の出だからね。本当はお金が大好きだったんだ。だけど、まともに働いても金持ちにはなれない。だから奇跡の起こせる女神を養女にして、こんな教団を始めたんだ」

そう言いながら教祖は、自分専用のエレベーターに二人を誘った。

「宗教は儲かる。本当だったな。だが、残念なことに教義で欲望を禁じてしまったから、自分も贅沢が出来なくなってね。気がついたら、つまらない人生だったよ」

エレベーターで地下に向かいながら、教祖はとんでもないことを告白する。それには安寿も吉村も、思いがけない展開で驚いていた。

「村には、信者だけが住まうんだろうか?」

「いずれは隣接した地域に、野菜工場を計画しています。今の社会で生きにくい人達を、受け入れられるような、そんな会社を、これは私の自費で作るつもりです」

「素晴らしいね、ヤスヒサ君。君は頭がいいだけでなく、心根も真っ当なんだな」

いや、その自費の中には、教団から奪った金もあるから、そんなに信頼しないでいいと安寿は言いたくなる。それにこのしたたかな教祖が、どこまで安寿を信用しているかも謎だった。

「私は最近、嫌な夢ばかり見る。その原因が、やっと分かった。欲望の化身、そうだな、その上で寝ているから、何もいいことがないんだ。ヤスヒサ君、村に出資したら、私達にも住まいを世話してくれんかね」

「もちろんです。ここほど豪華な建物が必要でしょうか？」

「いや、いらない。教団は、カズオ君に譲って、私は隠居したいんだ」

「……」

それはいいことだと、安寿は思った。糸居が仕切りだしたら、いずれ教団は破綻《はたん》する。あるいは刑事事件に巻き込まれるかもしれない。やはり教祖はしたたかだ。あまりにも大きくなりすぎた教団を捨て、保身のための逃げ道を用意している。

「ほらっ、これが金庫だ。私の指紋じゃないと開かないんだよ」

そこで教祖は、子供のように自慢げな顔をしてみせた。

「中はお金でいっぱいだ。最初の頃は、それだけで幸せだったのにね。今では、憂鬱なんだよ。

本物の神様がいたなら、私は許されないだろう」

「厚成様……」

　あまりにも正直過ぎる告白に、安寿のほうがたじろいでしまった。けれど教祖は臆することなく、さらに赤裸々に本心を告げる。

「本当のことを言うとね。女神も力を失ったんだ。私の目を見れば分かるだろ？　以前は、本当に手かざしでこんな病は治せた。このままじゃ私らは、詐欺師になってしまう。今が、退く好機なんだよ」

　教祖が手を押し当てると、金庫の鍵がずっと音を立てて開いた。そのまま教祖は金庫を開き、中へと入っていく。

「二百五十八億あるんだ。二十年、掛けて貯めたんだよ」

　やはり噂は本当だった。金庫の中には、束ねられた万札が堆《うずたか》く積み上げられている。アタッシェケース一つに約一億入ると計算すれば、アタッシェケースで二百五十八個分だ。そんな現金を目《ま》の当たりにすると、現実感は失われていく。

「ヤスヒサ君、私はすべてをあなた達に告白した。だからね、ヤスヒサ君。私と女神を、この後も守ってはくれないだろうか？」

「はい、それはもちろん。ですが……女神様と結婚は出来ません」

「そんなことは分かっているよ。手かざしも出来なくなったら、あれは、ただの女だ。ヤスヒサ君のような男が、あんな女を娶《めと》る筈がない。本音を言うと、ヤスヒサ君が逃げ出したことで、私は逆にヤスヒサ君を信用する気になったんだ。金のために、教団にいたんじゃないとね」

こうして何もかもが上手く動いているのに、安寿はうきうきと楽しめない。このすべてを報告する相手がいないからだ。

やはり九馬に会わないといけない。

そしてなりふり構わず、もう一度、戻ってきてくれと懇願するべきだ。

「女神様が女性として気に入らないとか、そういうことではないのです。私には、来世まで誓った、男の恋人がおります……。彼を深く愛しているので、たとえ女神様でも、他の誰かと添い遂げることは出来ません」

嘘も得意だが、これは全く嘘ではない。ここで告白したことは、いずれ吉村が九馬に伝えてくれるだろうか。

「そうだったのか。どうりで……美しい女性信者にも、目を向けない筈だ」

教祖は微笑みながら、愛しげに札束を撫でていく。もしこんな計画を持ちかけなかったら、本当にすべてを燃やしてしまったかもしれない。それほど教祖が札を見る目には、愛が籠《こ》もっていたのだ。

「贅沢でない暮らしをする村か……」

「はい、そうです。ソーラー発電を各戸に設置し、エコにも配慮します。建物は現地の木材を利用し、木の特性を生かした、日本古来の民家のようにするつもりです」

吉村はそう説明しながら、自分を取り囲む札束を見ている。恐らく吉村も、現実感を失っているだろう。

「信者の皆様に提供するにあたって、全戸ただというわけにはいきません。最低限度の値段をつけて、販売するようにしますが、恐らく、一戸が二百万を切ると思います」

巧みに吉村が、不動産屋のように話を進めている。その横で安寿は、達成するともう興味がなくなるという、自分の欠点を嫌と言うほど味わっていた。

札束の驚異は味わえたが、それだけのことだ。生きていない金は、ただの紙に過ぎない。株の取引で示される数字が、金というよりただの数字にしか思えないのと一緒だ。

このままでは、いずれ安寿も教祖と同じようになってしまうだろう。使われない金を貯め込み、それを眺めて笑っているだけの虚しい日々が続くことになる。

きっと吉村は、この紙束に魔法を掛けて、素晴らしい村を作り上げるだろう。そこに永久に人々が住もうが、いずれは離散しようが知ったことではない。ただこうして紙として置いておかれるより、質素な家々の集まる村にしたほうが、ずっと生きるというだけだ。

「聡子がヤスヒサ君に恋していたのは本当だ。だけど……もう諦めた……。可愛そうなことをしたな。ここを出て、普通の女に戻ったら、幸せが見つかるといい」

教祖はその時、優しげな父親の顔になっていた。

そんな顔を見ると、やはり安寿は寂しくなる。時には厳しく、そしていつも優しい、そんな父親みたいな男が、安寿は欲しかったのだ。

九馬はまだ会社にいるだろう。そこにいなければ、自分のジムか実家だ。古かった実家は、今は綺麗に建て直し、九馬は母親も退職させてすべて面倒を見ている。

まずは会社を訪れた安寿は、そこが以前よりはるかに活気があることに驚いた。狭いオフィスの一室で始めたのに、今はかなり広いオフィスだ。ニーズ君という会社のキャラクターもあって、そのキャラを使ったポスターが綺麗に貼られている。

しかも中に入ると、ニーズ君人形まで飾られていた。

『あなたの必要が、わたしたちを助けます』と書かれているから、ニーズ君は必要という意味からネーミングされたのだろう。

「いらっしゃいませ。ご依頼でしょうか?」

きびきびした女性社員が、まず話し掛けてくる。

「いや、社長に用があるんだけど」

「失礼ですが、お名前を……」

そこに奥からスーツ姿の痩せた男が出てきて、安寿を見つけると慌てて駆け寄ってきた。

「社長は、ただいま電話に出ております。よろしければ……こちらでお待ちください」

その顔には見覚えがある。アパートに住まわせていた駒の一人だ。九馬の部下となってからは、駒は卒業している。あの頃は、外界に出て働くなど不可能なように見えたが、こうして見るとちゃんとした社員だ。

「いいよ、電話中でも……」

そのまま安寿は社長室のドアを開く。するとスーツ姿の九馬が、まさに電話をしているところだった。

「その仕事で、金額、安すぎますよ。実際に掛かる時間は相当なもので、時給換算すると二百円くらいにしかなりませんが……ええ、御社のご事情は分かりますが、その条件では、こちらとしては紹介出来ません。最低賃金のせめて七十パーセントはいきませんと」

眉間《みけん》に皺を寄せ、指の間に挟んだボールペンを動かしながら、九馬はちらっと安寿を見る。

「はい、そうですね。その代わり、仕事の納期を守れる、ミスの少ない人材を紹介します。大手さんと違って、こちらは一人一人の能力を、きちんと把握しておりますから。はい、ぜひ、今後ともよろしくお願いします」

そこで電話を切ると、九馬はため息を吐く。どうやらこういったため息は、すっかり癖になってしまったらしい。

「忙しそうだな」

「ああ、忙しいよ」

「そうか。祝杯、あげたくてさ。上手く行きすぎて、気持ち悪いくらいだ」

「……」

九馬は安寿を見ないで、何やらメモばかりしている。本当に気持ちは醒めてしまったのかと、安寿は一気に悲しくなった。

「村の建設が決まったんだ。そこでは、贅沢は禁止。庭に自家菜園を作って、鶏とか飼うんだよ。自家用車は贅沢だから、共同のバスを走らせる。エコだろ」

「ああ、そうだな」

「ちゃんと社会に還元してるよ。年金生活者でも、十分に暮らせる村だ。俺、そんなに九馬を怒らせるようなことしたか？」

安寿は困惑しつつ、手を伸ばして九馬の腕を握った。そして自ら近づいていって、九馬の手を自分の喉元《のど》に押し当てる。

「まだ怒ってるなら、いっそ始末してくれ。何か、もう、嫌だ。九馬がいないのに、一人でずっと戦ってなんていたくない」

正直に語るというのは、何と気持ちのいいものだろう。安寿は思わず九馬の手に唇を押し当てていた。

「これからは金が欲しかったら、株で稼ぐさ。それならいいんだろ？　誰にも迷惑かけないし。だけど金なんて、もう欲しくなくなった」

「あってもいいさ。今度からは、自分の金で勝負すればいい。怒られるのは俺のほうだ。殴ってもいいし、何なら、安寿の作った銃の試し打ちに、この体を提供してもいい」

　いきなり話は読めない方向に進んでしまう。

「何の話だ？　浮気でもしたのか？」

「……教祖に会いに行って、何もかも話した」

「えっ？」

「なのに、村の計画に賛成したのか。思っていたより、凄い人物だな」

「話したって？」

　あまりにもスムーズに話が進み、地下の金庫まで案内されたが、すでに教祖は安寿の企みを知っていたというのか。それなのに一言も口にせず、あっさりと話に乗ってきたのは、どういうことだろう。

　しかも九馬は、わざわざ教団まで乗り込んで、直訴したというのか。

「安寿を犯罪者にしたくなかったんだ。俺は、殺したいくらい安寿を愛してるが、だからって今すぐに安寿を殺したくはない」

「俺が半分抜くつもりだったって、言ったのか？」

「言ったよ。ついでに安寿は俺の恋人で、だから結婚はさせられないとも言った」

「あの爺、とんでもない狸《たぬき》だな。そんなこと一言も口にしなかった」

　けれど九馬が正直に話したせいで、教祖は自分の資産をあえて見せたのだろう。抜くつもりなのは知っているが、生涯自分達を守ってくれと言ったのは、いくら抜かれてもそれが安全への投資になればいいと思ったからではないか。

「だから、あんなに本音がだだ漏れだったのか」

「安寿の信念、死んだ金を生かしたいというのは、ちゃんと説明しておいた。それと、安寿自身は金持ちで、すでに数十億の資産があることもな。金だけが目当てじゃないと言いたかったんだが……泥棒は、泥棒だ」

「そうか……俺と別れて、裏切りに出たんだ」

「そう思いたければ、思ってもいい。殴るか？　撃つんなら、どこか人のいないところでやろう」

何もかも語って、九馬はせいせいした顔になっている。けれど安寿としては、まだもやもやしたままだ。

「俺を刑務所に入れないために、そんなことしたんだよな？」

「安寿に刑務所なんて似合わない。俺は、教祖が二度と安寿を教団に近づけさせないかと思っていた。なのに……多少抜かれてもいいからって、安寿の話に乗ったのか。いや、凄い。腹が据《す》わってる」

九馬はそこで何を思い出したのか、くすくすと笑い出した。

「何だよ？　何がおかしいんだ？」

「俺達、ヤクザと思われたらしいな」

「ああ、あれね。そんなこと、もうどうでもいい。九馬、教団に行ったことを気付かせないために、わざと俺と離れたんだな？　なぁ、そうなんだろ？」

安寿は人の心を読むのが下手だ。今頃になって、九馬が急に態度を変えて、別れ話などし始めた理由が分かったのだ。

「俺は嘘が下手だからな。隠し通せる自信がなかったから、咄嗟《とっさ》に別れるふりをした。だけど安寿が追ってもこなかったら、本気でヤバイと思ってた」

「やっぱり殴ろうかな。何か、むかつくよな」

「でも、あの時に言ったことは本音だ。安寿に愛されている実感って味わったことがない。時折、俺だけが熱くなってるままなのかって、虚しくなったりもする」

ではどうすればいいのだろう。泣いたり喚《わめ》いたりして、愛を告げないといけないのだろうか。

「安寿に父親になりたいのかって言われた時に、気がついたんだ。父親だったら、息子が泥棒になるのを喜ばない。憎まれてもいいから、今回は厳しい父親役に徹しようと思った。甘やかすばかりが、愛じゃないだろ」

「でも今は、甘やかしてくれよ。何か、もう、落ち着かない。何も考えられなくて、眠れなくて、それに……寂しかったんだ」

「……」

九馬は立ち上がり、安寿に近づいてくる。そして安寿の体をすっぽりと包み込むようにして抱きしめ、優しいキスをしてくれた。

「安寿……いつかネオタワーみたいな自社ビルを造るから、それまで俺に安寿を殺させないでくれ」

「……ああ、そうだな。地下に射撃場と大金庫があるんだ。そういうビルがいい」

「それなら海外に作ろう。アメリカとか……実弾の撃てる国がいいだろ?」

安寿は笑おうとしたが、何だか胸が詰まって笑えなかった。

自分は特別な人間だと思ってきたが、九馬こそ特別な人間だ。九馬は常に先を見ながら、安寿を守っているのだから。

しかも守られていることを、安寿に気付かせもしない。

安寿は、自分が巨大な九馬の腹の中に、すっぽりと隠されたような気がした。九馬の中は、ふわふわとして暖かい。そして誰もが、そこに安寿という秘密が隠されていることに気がつかない。

まさにそれはぬいぐるみのキュマだ。

安寿の秘密をすべて呑み込み、何十年と守り続けてくれたキュマが、人の姿を手に入れて九馬になったような気がしてくる。

「なぁ、九馬。腹の中に入れてくれ」

めてくれた。

安寿の懇願の意味が、九馬には分からない。曖昧《あいまい》に笑うと、九馬はさらに強く安寿を抱きし

「九馬……一緒に帰ろう。あの部屋に……」

「何だよ……したいのか?」

そこで九馬は、黙って安寿の首をきゅっと絞める。そして安寿が息苦しくなると、すっと指の力を抜いてキスしてくる。

「こんなことさせられるのは……九馬しかいない……」

「分かってる……こんな危ない遊びをしたがるやつなんて、そうはいないだろうし、期待に応えられるのも俺だけさ」

再びキスをしながら、安寿はオフィスの窓からもネオタワーが見えることに気がつく。夕陽を受けてキラキラと輝いていたが、今の安寿には安物のトロフィーのようにしか見えなかった。

あとがき

いつもご愛読、ありがとうございます。

何だか、不思議な男の話になりました。お金に取り憑かれた男とでも言うべきでしょうか。

お金、これは全く不思議なものですね。なくても困るし、あったらあったで、それなりに苦労があるものなのでしょう。

今の世の中、稼ぎ出すお金がイコール人間の価値みたいに思われがちですが、本来は違っていてもいいいような気がしますよね。

そういう私も、ひそかに宝くじにはまっております。

そうです、ああ、夢の六億円。三億円、二億円。

せっせと宝くじに貢いで、宝くじ貧乏な日々。

六億円も当たったら、何に使おうかと妄想は炸裂しますよね、普通。なのにその具体的な使い道は、あまり思い浮かびません。

とりあえず一番したいことは、F1の全レースを見たいですね。もう世界中、旅して追っかけです。

そんなことしか思いつかないのが不思議。

何か、物欲がほどよく抜けたせいでしょうか。むしろ経験したことのないものに、お金を使ってしまいそうです。

だって車は好きだけど、もうフェラーリなんて運転出来ませんよ。豪邸を建てたところで、自分に必要な空間なんて決まってます。

犬と遊べる庭と、猫とくつろげるリビング、それに好きな料理が効率よく出来るキッチンがあれば、他はそんなに必要ありません。

そうなると豪邸はいらないし、ボート買っても乗れないし、宝石の趣味はないし、骨董品は分からないしで、あら、お金の使い道がない。

せいぜい、日本中、世界中を旅するくらいですが、そうなると可愛い愛犬や愛猫と一緒にいられないし、ああ、私はきっと安寿《あんじゅ》の嫌う、お金を殺す人になってしまいそうです。


イラストお願いしました宮本佳野《みやもとかの》様。ご迷惑をおかけしましたのに、素晴らしいイラストありがとうございます。

担当様、素晴らしいファイトで支えてくださり、深謝いたします。

そして読者様、私にとっては、どんな大金よりも、皆様がいてくださることにこそ価値があります。いつも本当にありがとう。

剛《ごう》　しいら拝

この本を読んでのご意見、ご感想を編集部までお寄せください。
《あて先》〒105－8055　東京都港区芝大門2－2－1　徳間書店　キャラ編集部気付
「天使は罪とたわむれる」係

■初出一覧
天使は罪とたわむれる……書き下ろし

Chara

天使は罪とたわむれる

【キャラ文庫】

2010年12月31日　初刷

著者　剛しいら
発行者　吉田勝彦
発行所　株式会社徳間書店
〒105-8055　東京都港区芝大門2-2-1
電話048-451-5960(販売部)
03-5403-4348(編集部)
振替00140-0-44392

印刷・製本　図書印刷株式会社
カバー・口絵　近代美術株式会社
デザイン　間中幸子・海老原秀幸

ISBN978-4-19-900598-5

好評発売中

剛しいらの本
【盗っ人と恋の花道】
イラスト◆葛西リカコ

飛ぶ鳥落とす勢いの若き豪商・深川《ふかがわ》屋《や》新《しん》左《ざ》衛《え》門《もん》——。希代の大盗賊に金で買われた環《たまき》は、次の標的である深川邸に密偵として潜り込む。酒も芝居もたしなみ色事に通じた深川に、首尾よく寵愛される環。「どんなに抱かれても、情に流されてはいけない——」。しかし一見、豪放磊落だが冷めた眼差しをもつ深川は、何もかも見透かしているようで!? 江戸の夜に恋盗っ人の花が咲く、元禄捕物帖!!

好評発売中

剛しいらの本

【狂犬】

イラスト◆有馬かつみ

何にでも食らいつく凶暴な男――あだ名は“狂犬”。警視庁テロ対策課勤務の立佳《はるか》は、その男・鬼塚《おにづか》にたった一人で接触する羽目に！元傭兵の鬼塚は、秘密裏に入国した要注意テロリストの情報を唯一握っているらしい。しかし鬼塚は「服を脱いで這いつくばれ」と初対面の立佳を、銃で脅しながら強引に抱いてきて……!? 硝煙《しょうえん》の匂いをまとう男と、暗殺の恐怖に身を晒す――緊迫と官能の三日間!!

好評発売中

剛しいらの本
【君は優しく僕を裏切る】
イラスト◆新藤まゆり

澄田《すみた》正嗣《まさつぐ》は将来を嘱望されるエリート商社マン。だれもが羨む正嗣の秘密――それはゲイであること。ある夜、正嗣は一人の少年を拾う。痩せた体に整った顔立ちの少年はB《ビー》と名乗るだけ。「あんた…優しい？」自ら誘いながら、愛撫には不慣れなB。正嗣はやがて昼間の現実より、素性の知れない少年Bとの生活に溺れていくが…。愛が罪にすり替わる瞬間を鮮烈な筆致で描く、傑作問題短編集！

好評発売中

剛しいらの本

【蜜と罪】

イラスト◆タカツキノボル

弁護を担当した裁判は必ず勝つ！　室伏《むろぶし》神流《かんな》は男前のスゴ腕弁護士。でも唯一の欠点は好みの依頼人にはカラダも要求する事…。そんな神流の前に美貌の依頼人・鷹野原《たかのはら》人見《ひとみ》が現れた。だが養父の死で五十億円の遺産を受け継いだ人見には、養父殺害の嫌疑が!!　ひとりになって寂しいと泣く人見を抱く神流だが、彼はクロかシロか。何度も抱いて慰めながら、独自の調査を進めるが…。

好評発売中

剛しいらの本
【顔のない男】
シリーズ全3巻

イラスト◆北畠あけ乃

新人俳優の音彦《おとひこ》に、大手映画会社から出演依頼が舞い込んだ。相手役は天才俳優と名高い飛滝《ひたき》。けれど、出演条件は飛滝と同居すること!?　映画の設定通り、兄弟として暮らし始めたとたん、“兄”として必要以上に甘やかし、触れてくる飛滝。毎夜“弟”を抱きしめて眠る飛滝に、音彦は不安を募らせる。そしてついに、兄弟の一線を越える夜が訪れて!?　バックステージ・セクシャルLOVE。

好評発売中

剛しいらの本

【仇なれども】

イラスト◆今 市子

兄の仇《かたき》にもう一度会いたい──。仇討ちが禁止となった明治四年。美貌の海軍少尉・鷺沼《さぎぬま》錦《にしき》は、三橋《みつはし》一磨《かずま》を追っていた。藩校時代、その美貌ゆえに狙われた錦を陰にひなたに守り抜き、ついには念兄《ねんけい》として深い快楽を教え込んだ男。だが、なぜか一磨は錦の兄を斬って、突然脱藩！　兄を殺した理由より、自分を置いていった理由を知りたい…。懸命に一磨を追う錦だが!?　愛憎渦巻く時代劇ロマン。